了不起的盖茨比

[美]菲茨杰拉德——著
汪芃——译

F. SCOTT FITZGERALD

THE GREAT GATSBY

文匯出版社

图书在版编目（CIP）数据

了不起的盖茨比 / （美）菲茨杰拉德（F.Scott Fitzgerald）著 ；汪芃译. -- 上海 ：文汇出版社，2025. 7. -- ISBN 978-7-5496-4533-6

Ⅰ. I712.45

中国国家版本馆 CIP 数据核字第 2025TT7170 号

了不起的盖茨比

作　　者　[美] 菲茨杰拉德
译　　者　汪　芃
责任编辑　徐曙蕾
特邀编辑　刘苑莹

出版发行　文匯出版社
　　　　　上海市威海路 755 号
　　　　　(邮政编码 200041)
经　　销　全国新华书店
印刷装订　上海盛通时代印刷有限公司
版　　次　2025 年 7 月第 1 版
印　　次　2025 年 7 月第 1 次印刷
开　　本　889 × 1240　1/32
字　　数　134 千
印　　张　8.5

ISBN 978–7–5496–4533–6
定　　价　42.00 元

第一章

我年少涉世未深时，父亲曾给过我一段忠告，这番话我始终放在心上不断地想了又想。

他是这么说的："每当你想批评人的时候，要记得，世上不是所有人都像你一样拥有许多优势。"

父亲就只说了这么几句，我们父子俩虽然互动很含蓄，但是彼此心思原本就异常相通，我了解他这番话其实有很深的寓意。因此，我这个人极少妄加批判，这个习惯使许多性情乖僻的人都对我开诚布公，老喜欢烦人的家伙也要缠着我；如果一个正常人具备这样的特质，心理不正常的人总是马上就能发现，并立刻黏上来。正因如此，大学时代许多人都诬赖我活像个政客，因为许多怪异且素昧平生的家伙总愿意向我吐露内心的苦痛。其实很多时候我根本不想听这些秘密——每次我发现一些迹象，我就知道绝对错不了，又有人要来找我倾吐心事了，我要么装睡，要么装忙，要么摆出一副不甚友善的轻浮态度，因为年轻人所谓的倾吐心事往往千篇一律，而且我总能看出他们其实只挑想讲的讲。不妄加批判这事给人无穷的希望；父亲这句话带着些自命不凡，我谨遵这番教诲也带着些自命不凡，我们这个想法，等于暗示每个人出生时品格高下便已注定，而至今我仍心怀戒慎，怕自己忘了这一点。

当然在我自夸为人宽容之余，现在我也不得不承认，这样的宽容是有限度的；人的行为准则或许有的如磐石般稳固，有的则如泥沼般软弱，但到了某种程度后，我也不管他们究竟为何变成这样。去年秋天我从东部回来的时候，心里但愿全世界的人都套上制服，永远向道德看齐立正；我再也不想到处胡乱见识，不想再有机会去窥见人心深处了。只有盖茨比，也就是这本书所要讲的主角，只有他让我还想一探究竟——因为盖茨比这个人正代表了我真心鄙弃的一切事物。若说人的性格可以用一连串完整的姿态表达展现出来，那么盖茨比确实具有漂亮迷人的魅力。生命让每个人拥有迷人的愿景，他能够强烈感受到生命的能量，像一台能探测到万里以外地震的精密仪器。有人将他这样的热烈响应形容为“奔放的气质”，但其实他只是过于软弱而显得敏感，不对，和他的气质无关，这是一种天赋异禀的乐观，一种极度浪漫的情怀，我以前从未在其他人身上见过，未来也不太可能再见到了。不——盖茨比这个人到头来其实还不错，我之所以暂时对人们强说愁的伤痛及一时的欢欣失去兴趣，是因为那些伤害、利用他的人和事，以及伴随他的梦想而来的龌龊尘烟。

我出身颇为显赫，我们家在这个美国中西部城市已落脚三代，家境富裕。我们卡拉韦家族称得上是一个大家族，家里人总说卡拉韦家是苏格兰巴克卢公爵[1]的后代，但我们家族其实最早从我伯祖父开始发迹，他在一八五一年来到此地，没去打南北战争，找别人替他上战场，自己则经营起五金批发生意，事业一路传到我父亲手上。

我从没见过这位伯祖父，但我俩应该长得很像，从父

1 苏格兰的巴克卢公爵（Duke of Buccleuch）是十七世纪英国国王查理二世最年长的庶子。

亲办公室里挂的那幅严肃肖像便看得出来。我一九一五年从纽黑文市[1]毕业，离我父亲读完耶鲁正好隔了四分之一个世纪；毕业不久，我便参与了条顿民族迁徙的盛事，也就是大家俗称的大战[2]。我彻底沉浸在战胜的喜悦中，因此返乡后整个人焦躁不安，若有所失；中西部对我而言，不再是温暖的世界中心，倒成了天地间残破的边境——因此我决定到东部去学习从事债券业，我认识的每个人都在债券业，所以我想这行业也应该能再养我一个人吧。决定后，我所有叔伯姑婶便再三商议，像在帮我挑选私立中学似的，最后他们终于带着严肃而犹豫的表情松口说："那好吧。"父亲同意资助我一年，接着历经重重耽搁后，我终于出发到了东部，那时是一九二二年春天，当时我心想，我再也不回去了。

当时实际点的做法，应该是在城里租间公寓，但那时正是春暖花开的时节，我又是从草坪宽阔、绿树葱茏的乡间来的，正好办公室里有位年轻人邀我一起到郊区小城合租独

1　纽黑文市（New Haven）位于美国康涅狄格州，即耶鲁大学所在地。

2　这里的大战是指第一次世界大战，而前句中"条顿民族迁徙的盛事"为尼克打趣的说法，因第一次世界大战时首先采取攻击行动的即条顿民族所组成的德国。德国于一九一四年八月四日举兵入侵比利时。

栋房屋，我便答应了。房子是那位同事找的，是一间饱经风霜的破烂平房，房租一个月八十块美金。没想到快要搬家的最后关头，公司却把那同事派到华盛顿去，我只好只身一人住进郊区，带着一条狗（至少它陪我待了几天才跑掉）、一辆老旧的道奇汽车，还有一位芬兰籍的帮佣，她每天替我铺床、打理早点，还经常在厨房电炉前自顾自咕哝着一些我听不懂的芬兰大道理。

我就这么过了一两天寂寞的生活，直到有天早上，我在路上遇到一个比我还晚搬到这附近的男人，他拦住我的脚步。

他看起来很无助，开口问我："请问到西卵要怎么走？"

我告诉他之后继续往前走，这时候我心里已经不再觉得寂寞了，因为现在我成了向导帮人指路，完全是本地人了；那人这么随口一问，让我开始敢在邻近地区自在徜徉。

因此，伴着此地的阳光，还有树上大把大把的绿叶，它们生长得宛若电影快转般迅速，我心里再度燃起信心，我像以前那样相信，我的人生就要随着这个夏天重新开始了。

首先第一件事就是，要用功的东西可真够多，我该从早春的清新空气中多汲取些精力。我买了十几本关于银行业务、信贷、证券投资的书，这些红皮烫金的书全摆在我的架子上，看起来就像刚铸好的新钱币，里头写着闪亮的秘密，原本只有点物成金的弥达斯王、美国银行家摩根，以及古罗马慷慨资助艺术家的谋臣梅塞纳斯等人才懂，现在书本可以为我解答。此外，我还有崇高的企图，想读许多其他种类的书。我大学时也算是文艺青年，有一年还替《耶鲁快讯》写了一系列八股又肤浅的社论文章，而现在我要在生活里重新找回这些东西，再度成为所谓的“通才”。人家都说这是最低等的专家，这可不只是一句俏皮话，毕竟真正的专家只透过一扇窗来看人生，总是比较容易成功的。

说来还真巧，我正好在整个北美洲最奇怪的小区租了房子，这个小区位于纽约正东方延伸出来的岛屿上。此地形状狭长，面貌多变，除了各种自然奇景，还有两块不寻常的地形，就是离市区二十英里[1]处，有两块呈巨大卵形的土地，形状如出一辙，中间只隔着一小道美其名曰海湾的狭窄水域。两片土地双双伸进西半球最平静无风的海域里，也就是那宛若海中大谷仓的长岛海峡。这一对卵并非完美无瑕的椭

1　1英里约等于1.6公里。

圆形，而是和哥伦布故事里的那只鸡蛋一样[1]，和岛屿相连的地方都是压扁的。但这两个卵的形状极神似，在天上飞的海鸥看了想必会困惑得分不清楚，而对于我们这些没翅膀的家伙来说，更有意思的是这两个鸡蛋除了形状和大小相似，其他方面可是天差地远。

我就住在西卵[2]，也就是，呃，两颗蛋里比较不光鲜亮丽的那颗，不过这样形容实在太肤浅，无法表达东卵和西卵之间超乎寻常的邪恶对比。我住的地方在西卵末端，离海峡只有五十码[3]，夹在两栋大宅中间，这两栋大宅每季的租金恐怕要一万二到一万五千美元。右边的那栋房子，怎么看都称得上是一座豪宅，建筑设计得活像法国诺曼底的某市政厅，宅邸一边有座新得发亮的塔楼，上面爬了层薄薄的常春藤，宛

---

1 十五世纪的航海家哥伦布发现美洲后返回西班牙，遭人抨击，声称他发现新大陆根本没什么了不起，不过是坐着船一直往西走罢了。哥伦布便当场拿起桌上的一只鸡蛋，问在场宾客能否将蛋立起来；最后他将蛋尖稍稍敲扁，成功立起鸡蛋。这时又有人批评，表示用这种方法谁都能成功，哥伦布便指出，事情没人做之前，往往谁都不知道怎么做；有人做了之后，大家就又认为人人都会做。此故事点出“原创”的重要性。

2 本书所指西卵即长岛的大颈区（Great Neck），东卵即长岛的马诺黑文（Manorhaven）、沙点（Sands Point）一带。

3 1码约等于0.9米。

若稀疏的胡须，大宅旁还有一座大理石游泳池，以及四十几亩草坪和花园。这栋豪宅就是盖茨比的，但我当时还不认识他，所以应该说，这栋豪宅里住着一位盖茨比先生。我自己的房子看起来则十分碍眼，不过碍眼归碍眼，至少很小，所以没人会注意到。因此我坐拥湾景，还能欣赏芳邻的草坪一隅，并享受与百万富翁比邻而居的快慰——这一切只要八十块钱一个月。

在美其名曰海湾的另一头，时髦东卵沿岸的一座座纯白宫殿闪闪发光。而这年夏天的故事，其实是从我驱车到东卵和布坎南夫妇共进晚餐的那晚开始的。黛西是我的远房表妹，汤姆则是我大学时代认识的朋友；大战刚结束时，我还去他们芝加哥的家住过两天。

黛西这位丈夫在运动方面表现很杰出，尤其还是耶鲁有史以来数一数二的美式足球好手，称得上是国家级的球员，他就是那种二十一岁就在某领域里崭露头角的人，这种人接下来的人生发展往往有点像在走下坡。汤姆是富家子弟，大学时挥霍的程度便已经令人咋舌，但如今他离开芝加哥搬到东部来的种种行径更叫人咋舌，比方说，他竟从森林湖市运来一整队打马球骑的小马。真难想象我这代还有人有钱到可以做出这种事。

我不清楚他们搬到东部来的原因，他们曾没来由地就到法国住了一整年，在那之后便四处晃荡，哪里有人打马球、哪里有富人聚在一块儿，他们便上哪里去。黛西曾在电话中对我说，这次搬来就要在这里定居了，但我不信，我没法看穿黛西的心思，只是直觉汤姆还是会怀抱梦想持续游荡，像是追寻某场球赛的刺激。

总之就这样，我在一个起风的温暖傍晚，驱车到东卵去见这两位我认识多年但几乎不熟的朋友。他们的房子比我想象中还要华美，是一栋乔治王殖民建筑风格的豪宅，红白相间，看起来亮丽宜人。房子俯瞰一旁的长岛海峡，草坪自海边延伸到正门口，大概有四分之一英里长，一路上越过几处日晷和几道砖砌的小径，还有好几座花朵开得火红的花园，最后抵达房子，小草便像是带着一路奔来的冲力似的，摇身长成翠绿的藤蔓爬上墙去。房子正面的墙被一排落地长窗从中隔开，此刻正映照着金光，朝温暖多风的午后敞开。汤姆·布坎南身穿骑装，两脚岔开站在门廊上迎接我。

他的模样已经和在耶鲁时很不一样了，他现在成了一个三十岁的男人，体格壮实，一头稻草似的头发，嘴边带着野马似的狠相，行止高傲，整张脸上最醒目的就是那两只炯然傲慢的眼睛，因此整个人看起来好像总是往前倾，显得咄咄逼人。尽管他一身神气的骑装看起来很阴柔，却丝毫不能掩饰那副身躯的巨大气力——闪闪发亮的靴子似乎撑得很满，连最上头的系带都绷得紧紧的；他的肩膀在薄外套下一动，一大块肌肉的动作便清晰可见。这是一副力量强大的身躯——一具暴虐的躯体。

汤姆说起话来声音高而粗哑，更强化了他暴躁易怒的形象，嗓音带着父权至上的轻蔑，即便对象是他乐于亲近的人，他和他们说话时也一样——从前在耶鲁就有些人对他恨之入骨。

他讲话给人的感觉好像在说："好啦，虽然我比你强、比你有男子气概，但也不必全听我的。"他是我在高年级学生交谊会认识的朋友，虽然我俩从来称不上亲近，但我始终感觉他挺欣赏我，似乎希望我能用像他欣赏我的方式一样，带着想亲近又不屑的态度去欣赏他。

我们在阳光普照的门廊上寒暄了几分钟。

"我这房子挺不错的。"他一边说，眼睛一边往四处逡巡。

他抓着我的胳膊把我整个人转了个方向，伸出扁平宽大的手往房前的景观一挥，划过一座意大利式低地庭园、半亩深色浓香的玫瑰，还有一艘马达快艇，那快艇前端呈扁平状，在岸边不停与海涛碰撞。

“这地方是我向德迈纳买的，就是那个石油大王。”他说着，又伸出手把我扭了回去，不失礼貌却令人猝不及防。他说：“我们进去吧。”

我们穿过挑高的门厅，来到一个色调粉嫩的明亮空间，两侧以落地长窗和主屋衔接。玻璃窗半开着，亮得发白，衬着外头仿佛要长进屋里的翠绿草坪。风吹入室，把一边的窗帘吹了进来，另一边的则吹得探出窗外，帘子看起来就像一面面淡色的旗子，一会儿飞旋到糖霜结婚蛋糕似的天花板，一会儿又在酒红色的地毯上飘飘拂过，洒落一道阴影，宛若海风吹过海面。

房里唯一纹丝不动的东西是一张巨大的沙发，两个年轻女人在上头飘着，仿佛坐在一个系着的热气球上。这两个女人都穿着白洋装，身上的洋装吹得飘飘然，仿佛她们绕着屋子飞了一圈，风才刚把她们吹回来似的。我站着听窗帘拍打的声音，还有墙上挂画发出的吱嘎声响，想必杵了好一会儿。后来汤姆·布坎南砰的一声把后窗关上，屋里的风渐渐消散，窗帘、地毯和年轻女人便乘着热气球缓缓落到地面。

两个女人里年纪比较轻的那位我并不认识，只见她整个人横躺在长沙发一侧，动也不动，下巴微抬，仿佛上头撑着一件摇摇欲坠的物品。不知她眼角余光是否扫到我了，但即便有，她看起来也是一副没看到我的样子——老实说，我吓得几乎要脱口道歉了，觉得自己完全不该进来打扰她。

另一个女人就是黛西，她作势要站起来，身子稍稍前倾，脸上露出认真的表情——接着她便笑出声来，莫名其妙地微微笑了一下，十分迷人，我便也跟着笑出来，向前走进房里。

“我高——兴得都要晕倒了。”

她说着又笑了，仿佛自己说的话十分幽默，然后便握握我的手，抬起头望着我，说全世界她最想见的人就是我了。她总来这一套。她低声提示我那位下巴撑着东西的女孩姓贝克。（以前我曾经听人家说，黛西这样压低嗓音讲话只是为了让人凑近点；这批评不痛不痒，且丝毫无损她这个举动的魅力。）

总之，那位贝克小姐轻启朱唇，朝我点点头，动作小到几乎看不出来，旋即又把头侧了回去——想必是她下巴撑着的那个隐形东西晃了一下，吓到她了吧，这时我几乎又忍不住想脱口道歉。我这人只要见到别人露出全然自信的姿态，总会忍不住目瞪口呆，由衷感到钦佩。

我回过头去看着我的表妹，她开始用低沉诱人的声音问我一连串的问题。她的声音会让人忍不住一直听下去，她每次说话，都让人感觉像是一段空前绝后的独特旋律。她的脸蛋看起来悲伤而可爱，看上去一片光灿，光灿的眼、光灿热情的嘴。但爱过她的男人最难以忘怀的是她说起话来的那股兴奋——那是一种如歌的炽烈欲望，像是喃喃叫人“听好了”，像是在对人说她刚刚做了某件快活的事情，还有，等着，她马上又要再做一件愉悦的快事了。

我跟她说，我到东部来的途中在芝加哥停留了一天，那里有十几位朋友都要我代为问候她。

“他们想念我吗？”她神色狂喜，惊呼道。

“因为你走了，整座城都很悲惨啊，所有人都把汽车的左后轮漆成黑色，就像哀悼的花圈一样，到了晚上，北方岸边更是哭声不断。”

“真好！汤姆，我们回去吧，明天就走！”接着她马上换了个不相干的话题，“你一定要看看小宝宝。”

“好啊。”

“她在睡，她三岁了，你还没看过她吗？”

“还没。”

“那你一定要看看她，她真的好——”

汤姆·布坎南原本浮躁不已，在房里走来走去，现在停下脚步，把一只手搭在我肩上问道：

“尼克，你现在在做什么？”

“我在做债券。”

“在哪家啊？”

我跟他说了。

“听都没听过。”他下了个评论。

我听了很不是滋味。

“你之后就知道了，”我没好气地说，“你在东部住下来就会知道了。”

“喔，我会在东部住下来，这你不用操心。”他说着看了黛西一眼，又转回来看着我，好像在提防什么似的，“我他妈傻了才会再搬到其他地方。”

这时贝克小姐开口了：“没错！”她突如其来这么一句话

把我吓到了——我进屋到现在，这还是她头一次开口。她自己显然和我一样吃惊，因为她随即打了个呵欠，接着敏捷灵巧地站起身来。

她嚷嚷着："我整个人都僵了，不知在沙发上躺多久了。"

黛西回嘴："你可别看我，我整个下午都在拉你去纽约呀。"

这时用人从厨房端来四杯鸡尾酒，贝克小姐对用人说："我不用，谢谢。现在可是我的训练期呢。"

男主人一脸难以置信的表情望着她。

"是啊！"他把整杯酒一饮而尽，仿佛那杯里只有一滴酒似的，"真不知道你哪来的本事。"

我看着贝克小姐，想知道她究竟有什么"本事"。我觉得看着她很舒服，她是个身材苗条、胸脯不大的女孩，身姿很挺，还像军校生一样把肩膀往后收，仪态看起来更挺了。她的一双灰眼睛在阳光下微微眯起，因为我好奇地看着她，她也礼尚往来看着我，一张脸蛋苍白而迷人，有些怏怏不乐。我这时才想起，这女孩我以前不知道在哪里见过，或者至少看过她的照片。

“你住西卵呀，”她用轻蔑的口吻说，“我认识的一个人也住在那儿。”

“我一个人也不认——”

“你一定认识盖茨比吧。”

“盖茨比？”黛西追问道，“哪个盖茨比啊？”

我还没来得及回答他是我邻居，用人就说晚餐准备好了。汤姆·布坎南硬是伸出一只壮实的手臂挟住我的胳臂，把我拉出房间，就像把棋子移到另一格似的。

两位姑娘袅袅婷婷、行止慵懒地走在我俩前面，手轻轻搭在臀上，一同走到玫瑰色的门廊上。门廊外是一片日落景致，这时风已经减弱了，餐桌上有四支蜡烛，火光在风中微微晃动。

“为什么点蜡烛呀？”黛西蹙眉斥道，一边用手指头把烛火掐熄。“再过两个星期就是一年里白天最长的时候啦。”她神采奕奕地望着大家，“你们会不会一直期待夏至，可是到了夏至那天又忘了？我就是一直期待夏至，然后到了那天却忘了。”

“我们应该做点事庆祝一下。”贝克小姐说着，一面伸了个懒腰，一面在桌前坐下，那模样像是要爬上床睡觉。

黛西说："好啊，那我们要做什么？"她转向我求助，"大家夏至都做什么？"

我还来不及回答，她的视线便盯着自己的小指头怔住了。

"你们看！我受伤了。"她娇嗔道。

大伙儿都看着她的手——她的指节瘀伤了。

黛西用指责的语气说："都是你弄的，汤姆，我知道你不是故意的，可是你就是把人家弄伤了，这就是我嫁给一个粗汉的下场，他真是个巨大笨重、活生生的——"

汤姆怒斥："我最恨'笨重'这个词，就算开玩笑也一样。"

"笨重。"黛西照说不误。

用餐过程中，黛西和贝克小姐偶尔会同时开口说话，但并不过分引人注意，只是有一搭没一搭地说些没道理的玩笑话，绝不絮絮叨叨个没完，而是清清淡淡的，就像她们身上的白洋装一样，也像她们冷淡的双眸，不带有任何想望。总之她们人在这里了，愿意陪我和汤姆，但就只是轻松客气地应酬几句而已，她们知道这顿饭迟早会结束，而且再过不久，这个夜晚也会结束，没人会在乎。这和西部截然不同，西部的夜晚总是紧锣密鼓，众人往往满怀期待又屡屡落空，要不就是每时每刻都怔忡不安。

“黛西，你们让我觉得自己好不文明啊，”我喝第二杯酒时便直言了，这波尔多红葡萄酒带着软木塞味，但口感很不错，“你们就不能聊点种田之类的事吗？”

我说这话其实没什么特别的意思，却引起了意料之外的反应。

“文明要毁啦。”汤姆突然厉声说，“我现在对很多事都悲观透了。你读过《有色人种帝国之崛起》吗？一个叫戈达德[1]的人写的。”

“是吗，我没读过。”我回答，同时有些被他的语气吓到。

“这个嘛，这书写得很好，大家都应该要读一下，这本书说的就是如果我们再不小心，白种人就快——就快灭绝了。他讲得很科学，都经过验证。”

1 《有色人种帝国之崛起》（*The Rise of the Colored Empires*）和戈达德（Goddard）为作者虚构的书籍和作家，但实际上影射的是一九二〇年斯托达德（Lothrop Stoddard）所出版的《反对白人世界霸权的有色人种浪潮》（*The Rising Tide of Color: The Threat Against White World-Supremacy*）。

"汤姆现在变得很有深度。"黛西说着，不经意流露出一股悲伤的神色，"他都读很深的书，里头全是很难的字，像我们那天才说到哪个字呀——"

"这些书都有科学依据的，"汤姆瞄了黛西一眼，看来很不耐烦，仍继续自己刚刚的话题，"那家伙都分析清楚了，我们这个优势人种一定要小心，不然掌控权就要落到其他种族手里了。"

"我们一定要打倒他们。"黛西朝炽热的斜阳恶狠狠地眨了眨眼，低声说。

"你应该去加州住——"贝克小姐开口说，但汤姆在椅子上大动作挪动身体，打断了她的话。

"这本书说，我们是北欧民族，我是，你也是，你也是，还有——"他稍稍迟疑了一下，朝黛西微微点了个头，算是把她也囊括进来。此时黛西又对我眨眨眼，汤姆紧接着说："所有文明的东西都是我们发明的，啊，就是科学、艺术那些东西，你懂吗？"

他认真得让我感到有些同情，因为他看来虽然比从前还要自满，却似乎还想表现得更自满。紧接着电话响了，男管家进屋接电话，黛西便把握这片刻打岔的机会，往我这儿凑过来。

她用兴奋的语气低语："告诉你一个我们家的秘密，就是管家的鼻子啊，你想知道他的鼻子怎么了吗？"

"我今天晚上来就是为了打听这件事啊。"

"这个嘛，他最早不是做管家的，是擦银器的，在纽约一家餐厅工作，那里上菜都是侍者亲自送到客人盘内。他们餐厅一次可以服务两百个客人，他从早到晚擦银器，弄得鼻子都不好了——"

"后来每况愈下。"贝克小姐帮着接话。

"对，后来每况愈下，最后他只好辞职。"

有那么一会儿，夕阳余晖带着浪漫的情意，洒落在她焕发光芒的脸蛋上，她那种说话的声音，使我听的时候不禁要屏住呼吸向前凑去——接着那股光芒黯淡下来，一道道光线依依不舍地离开了她，就像傍晚时分孩童离开他们正玩得尽兴的街道。

管家走了回来，凑在汤姆耳边低声说了几句话，汤姆随即皱眉，把椅子往后一推，什么话也没说便走进屋里。他一走开，黛西便仿佛哪里被刺激到了，又凑近说起话来，嗓音热切，宛转如歌。

“尼克，你来吃饭我真高兴，看到你就让我想到——想到玫瑰花，对，你就让人想到玫瑰花，对不对？”她别过头去，望着贝克小姐，要她附和，“就像玫瑰花，对吧？”

根本不对，我才不像什么玫瑰花，黛西只是在即兴胡诌罢了，但她身上流泻出一股使人心潮澎湃的热度，仿佛她的一颗心就藏在那些屏息诱人的话语下，正要奔向你。接着她突然把餐巾往桌上一扔，跟我们说声不好意思，便离桌走进屋里去了。

我和贝克小姐彼此匆匆对看一眼，两人都刻意不动声色，后来我准备开口说话，她却面露机警坐直了身子，用警告的语气对我“嘘”了一声。我们听见屋里传来两人压抑但激烈的低语声，贝克小姐肆无忌惮地俯身向前，想听个清楚。屋里的低语声高低起伏，音量就在我们几乎听不见的程度上上下下的，沉寂落下，又激动扬起，最后终于戛然而止了。

我开口说：“你说的那位盖茨比先生是我邻居——”

“别说话，我想听发生什么事了。”

“有什么事吗？”我用什么也不知道的语气问道。

“你意思是你还不知道吗？”贝克小姐问，她看起来是真的很惊讶，“我还以为这事大家都知道。”

“我不知道。”

“哎呀——”她语气迟疑，“汤姆在纽约有女人。”

“有女人？”我一脸茫然地重复她的话。

贝克小姐点点头。

“她要是有点分寸，至少不该在晚餐的时候打电话给人家，你不觉得吗？”

我这才听懂她话里的意思，接着便听到衣裙拂动和皮靴哒哒的声音，汤姆和黛西回来了。

“真受不了！”黛西用极其欢愉的语气嚷道。

她坐下，眼神在贝克小姐脸上逡巡，也望了望我，接着又继续说：“我刚刚往外面看了一会儿，外头好有情调，草皮上有一只鸟，我想一定是夜莺，搭着冠达邮轮或白星航运[1]来的吧，它在唱歌——”她用唱歌似的声音说，“好浪漫，对不对呀，汤姆？”

“对。”汤姆说完，神色愁惨地对我说，“等下吃完饭以后，如果天还没黑，我想带你去看马厩。”

1　白星航运（White Star Line）即大名鼎鼎的沉船“泰坦尼克”号所属的航运公司。

这时屋里电话又响了，大伙儿都吓了一跳，黛西对汤姆坚决地摇摇头，然后刚刚马厩的话题，不，应该说所有的话题便全消失在空气中了。大伙儿坐着的那最后五分钟，如今我脑中只残存一点片段，只记得当时我们又把蜡烛点了起来，也不知道有何用处，而我一直想直视大家，但又不想与人四目相接。我猜不透黛西和汤姆心里在想什么，但那第五位客人的电话铃声尖锐急切到刺耳的地步。我怀疑，即便是饱经世故的贝克小姐，这会儿恐怕也没法忘怀了。这种局势对某种性情的人而言或许颇有意思吧，但我自己的直觉反应是想赶快打电话报警。

当然，看马厩的事也没人再提起了。汤姆和贝克小姐一前一后走回阅览室，中间隔着几英尺[1]暮光，那景象仿佛有一具遗体等着他俩去守灵似的，而我则装出饶富兴致但听不太清楚的模样，随着黛西穿过一道道相连的阳台走廊，走到屋前的门廊上。门廊一片昏暗，我俩在一张藤编沙发上并肩坐下。

黛西用双手捧住脸，仿佛盲人在感觉自己标致的脸型，

1　1 英尺等于 30.48 厘米。

眼眸则缓缓望向丝绒般的暮色。我看得出她让一阵汹涌的情绪攫住了，便开口问她女儿的事，心想这样应该能让她镇静下来。

然而黛西突然说："我们两个不太熟，尼克，虽然我们是表亲，可是连我结婚的时候你都没来。"

"我那时候还在打仗啊。"

"那倒是。"她犹豫了一会儿，"呃，我过得很不好，尼克，我现在对什么事都不相信了。"

她会这样显然是有她的理由，我等她说下去，然而她却就此打住。过了半晌，我只得回头聊她女儿的事，话题转得有些不自然。

"你女儿应该会讲话了吧，她应该也会——应该也会吃东西什么的吧？"

"噢，对。"黛西一脸恍惚地望着我，"跟你说，尼克，我告诉你，我生她的时候说了什么，你想知道吗？"

"非常想。"

"你听了就知道我现在怎么看待……很多事情的。总之，那时她才刚生出来不到一个钟头，汤姆就不知道上哪儿混去了。我麻醉的乙醚退了，醒过来，感觉自己完全像被抛弃一样。我马上问护士我生的是男是女，她说是女孩，我就转过头去哭了，我说：‘好吧，女儿也好，希望她是个傻瓜——一个女孩在这个世界上最好就是当个傻瓜了，当个漂漂亮亮的小傻瓜。’”

黛西用坚信不疑的语气继续说：“你看，总之我现在觉得什么事情都糟透了，大家都这么觉得——地位高的人都这么觉得，我真的这么确定，因为我什么地方都去过，什么事都见过，什么事都做过了。”她挑衅的目光往四周瞟来瞟去，眼神颇像汤姆，接着她发出一声不屑的尖锐笑声：“世故——老天，我真世故啊！”

她话说完，我的注意力就不在她身上，对她的认同感也消失了。我旋即感觉她这番话基本上是言不由衷，而这让我心里很不舒服，仿佛这整个晚上的一切全是某种伎俩，目的是使我投注自己的情绪。于是我等着，果不其然，没一会儿她便望向我，可爱的脸蛋上带着沾沾自喜的笑意，那模样仿佛宣称了她和汤姆隶属同一个高贵的秘密社团。

屋里，绯红色的房间绽放着一盏盏灯光。汤姆和贝克小姐分坐长沙发两端，贝克小姐正朗声读《周六晚间邮报》给汤姆听，念得喁喁哝哝，声调平板，语句全混在一起，形成一个舒缓的调子。灯光打在汤姆的靴上闪闪发亮，落到贝克小姐如枯黄秋叶般的发上却显得黯沉。她把报纸翻到下一页，双臂上纤长的肌肉便动了动，灯光也在报纸上闪动。

我们走进去时，她举起一只手，示意要我们暂时别作声。

“本文未完，”她把那本杂志扔在茶几上说，“下期待续。”

她一条腿的膝盖不安分地动着，好似身体在宣示自己的主张，接着她站起身。

“十点了。”她说，仿佛在天花板上看到时钟似的，“好女孩要上床睡觉喽。”

“乔丹明天要参加锦标赛，”黛西解释，“在韦斯特切斯特那里。”

“噢，你就是乔丹·贝克啊。”

这下我明白为什么她看起来很眼熟了——在一些报道阿什维尔市、温泉城和棕榈滩运动竞赛的新闻里，她那迷人高傲的神情常常从报上的印刷照片里凝视着我呀。我也曾听说过她的一件事，是一个不怎么光彩的负面消息，但我早忘了是什么事。

“晚安，”她轻声说，“八点叫我起床好吗？”

“那你要叫得醒啊。”

“知道了，晚安，卡拉韦先生，我们之后再见。”

黛西附和：“你们当然会再见面，其实我觉得我应该安排你们两个相亲，尼克，你要常来坐呀，这样我就可以……啊……撮合你们啊，就是……不小心把你们俩锁在放桌布床单的壁橱里，或者扔在一艘船上推到海里，诸如此类的——”

“晚安，”贝克小姐从楼梯上喊，“你说什么我一个字也没听见。”

过了片刻，汤姆说：“她是个好女孩，他们怎么让她这样全国跑，抛头露面。”

黛西冷冷地问：“你说‘他们’是说谁呀？”

“她家里人啊。”

“她的家人就只有一个姨妈，大概有一千岁那么老，再说，现在有尼克照顾她了，对不对，尼克？她今年夏天会常来这里度周末，我想这里的家庭环境对她很有帮助。”

黛西和汤姆沉默相视了片晌。

我赶紧开口问：“她是纽约人吗？”

“她是路易斯维尔人，我跟她在路易斯维尔一起度过我们纯洁的少女时代——我们纯洁无瑕的——”

“你刚刚在阳台上和尼克来了场小谈心是吗？”汤姆突然质问。

“我有吗？”黛西望向我，“我记不得了，但我们好像讲到北欧民族的事吧，对，我确定我们聊的是这个，我们不知不觉讲到，结果就聊起来——”

“尼克，她说的话你可别全信。”汤姆告诫我。

我语气轻快地说，黛西根本什么话都没讲。过了几分钟，我便起身告辞了，他们送我到门边，两人并肩站在明朗的灯光下。我发动引擎时，黛西突然强横地叫住我：“等一下！”

“我忘记问你一件事了，很重要，我们听说你在西部跟一个女孩订了婚呀。”

“对，”汤姆也亲切附和，“我们听说你订婚了。”

“这是诽谤啊，我哪来的钱结婚。”

“可是我们真的听说了。”黛西继续坚持，而且再度绽放花朵般的笑颜，让我吃了一惊，“我们前后总共听三个人说过，所以一定是真的。”

我当然知道他们说的是哪件事，但我根本连半个婚也没订。那些八卦谣传直接帮我发布了婚讯，这正是我离家到东部来的原因之一，人不能因为谣言就停止跟一位老朋友往来，但话说回来，我也不想奉谣言之命就成婚。

看他们对我那么有兴趣，我还有几分感动，也不再觉得他们有钱得像是另一个世界的人——尽管如此，驱车返家的路上，我却感到迷惑，甚至有些反感了。在我看来，黛西最应该做的就是抱着孩子奔出那栋房子，但她脑袋里显然完全没有这样的打算；至于汤姆，他竟会因为看了某本书而感到悲观，比起他“在纽约有女人”，这点更让我吃惊，他不知为何竟开始对那些陈腐思想感兴趣了，仿佛他身体所展现的健壮自尊已不足以滋养那颗蛮横的心。

到了这时节，路边的餐馆屋顶上和车行前都已展现出仲夏的热闹景象，车行外头都立着红艳簇新的加油机，伫立在一圈圈光线之中。我抵达自己位于西卵的“豪宅大院”后，便把车停到车棚，在院子里一台废弃的割草机上坐了片刻。此时风已经停了，眼前只见夜晚喧嚣而明亮，林间有羽翼在拍动，大地纵声低吼，蛙群吹注了满满的生气，发出持续不断的管风琴音，一只猫四处游走，剪影在月光下闪动。我转过头去看那只猫，这才发现自己并非独自一人——在五十英尺外，我芳邻的豪宅投射出一片阴影，其中出现了一个身影，那个人双手插在口袋里，正举头凝视银胡椒粉似的星辰。他行止从容，在草坪上站得极稳当，因此看得出来他就是盖茨比先生本人，这会儿他八成是出来瞧瞧这里的天空，哪块是属于他的了。

我决定要叫他，晚餐时贝克小姐提过他，这就能拿来当作开场白了，但是后来我却没开口，因为盖茨比先生突然透露出了想独处的意味——他的姿态特异，朝黝黑的海面摊开双臂，而且虽然我俩距离颇远，但我发誓我看到他的身体在颤抖。我不由自主地也往海上看去，什么也没见到，只望见一盏绿色的灯，渺小而遥远，或许是船坞尽头的灯火吧。我回头看盖茨比先生，但他却已不见踪影，徒留我独自一人在这不平静的暗夜中。

第二章

大约在西卵和纽约市之间半途的地方，公路突然急转了个方向，朝火车铁轨偏斜过去，和铁路并排走了约莫四分之一英里，这是因为这条公路得绕开某个荒凉地带。这地方是一个灰烬之谷——这里就像个奇幻诡异的农场，垃圾烧成的灰像小麦似的不停生长，长成了山脊、小丘和丑怪的园子，再不然便化成房舍、烟囱和烟雾飘荡的形状，最后以高超的本领幻化成人形，一个个蒙着灰烬的人儿走动着，姿态模糊，在满是粉尘的空气中也像快要崩塌粉碎似的。偶尔会有成排灰蒙蒙的车厢沿着一条看不见的轨道缓缓驶来，发出阴森的吱嘎声之后停下来，那些扛着铅铲的灰汉子便蜂拥而上，扬起一朵坚不可摧的灰云遮蔽视线，使你看不清他们令人费解的活动。

灰溜溜的土地上布满荒凉尘土，地表看起来阵阵飘动不止，若你定睛凝视片晌，便能看见艾柯堡医生的那一对眼睛。艾柯堡医生的双眸湛蓝而硕大，光是虹膜部分就有一码高，这对眼睛没长在人脸上，而是贴着一副巨大的黄色眼镜，架在不存在的鼻梁上头，显然是哪位幽默的眼科医生异想天开，到皇后区这里架起广告牌想拉生意吧。也许后来医生自己的眼也永远阖上了，又或者是他已遗忘这些广告牌，搬到别处去了。他的双眼尽管经过许多日晒雨淋的日子，没人来油漆，已黯淡了些，却仍杵在肃穆的垃圾场上空，整日忧思着。

灰烬之谷的一头依傍着一条脏臭的小河，每当吊桥升起让驳船通过，在火车上等待通行的乘客便只能干瞪着这惨淡的景象，有时甚至得等上半小时之久。火车开到此地，总要暂停至少一分钟，而我也正因如此，才跟汤姆·布坎南的情妇第一次打了照面。

每个认识他的人都坚称他有情妇，汤姆的这些朋友最气的就是他会带情妇到人人爱去的餐厅，然后把她留在座位上，自己四处闲逛，和所有认识的人闲聊。尽管我也好奇，想看看这位情妇，可是并不真的想认识她——但我却认识她了。那天下午，我和汤姆一起搭火车进纽约市，火车开到那几座灰烬丘旁边暂停时，他便跳起来，一把抓住我的手肘，硬生生把我拉下车。一点也不夸张。

他坚持说："我们下车，我带你去见我女朋友。"

我想他大概是午餐时太多黄汤下肚，那副硬要我陪的态度简直野蛮，显然他倨傲地假设我在周日午后绝不会有比这更好的行程。

我跟着他穿过铁道旁低矮的白漆栅栏，两人沿着艾柯堡医生不懈注视的公路往回走了一百码。放眼望去，唯一能看到的建筑便是一小排黄砖房，坐落在荒地边缘，大概算是这荒郊的迷你闹市区吧。砖房四周一片空荡荡，这排房子共有三间店面，一间正在招租，一间是通宵营业的餐馆，门前供出入的小径灰蒙蒙的，最后一间则是一家车行，店前写着"修车——乔治·威尔逊——汽车买卖"，我跟着汤姆走进这家车行。

店里装潢得穷酸简陋，放眼望去只看到一辆车瑟缩在阴暗的一隅，是一辆破铜烂铁似的、蒙着灰的福特汽车。我还在想，这家灯光黯淡的车行想必是伪装，楼上其实隐匿着几间华丽而有情调的公寓吧，但这时店老板本人却从一间办公室的门口现身了。他拿块抹布擦了擦手。这老板一头金发，整个人死气沉沉的，看起来体弱无力，长相勉强称得上英俊。他一见到我们，亮蓝色的眼珠里便闪现了一点湿沉沉的希望。

“嗨，威尔逊，老家伙。”汤姆快活地在老板肩上拍了一下，“最近生意好吗？”

“还过得去。”威尔逊回答，但他的语气非常没有说服力，“你那辆车什么时候要卖我呀？”

“下星期，我已经交办给下面的人了。”

“你下面的人动作很慢啊，是不是？”

“哪里慢了，”汤姆语气一沉，“你觉得慢的话，那我就卖给别人吧。”

威尔逊赶忙解释：“我不是这个意思，我是说……”

他说话的声音越来越小，最后说到一半便停了，汤姆不耐烦地巡视店里，接着我便听到楼梯间传来脚步声，不一会儿，走出一个身材颇丰腴的女人，挡住了办公室门口透出来的光线。她看起来三十五岁上下，身材略显丰满，但有些女人就是这样，胖得很有肉感美；她身上穿着暗蓝绉纱的圆点洋装，那张脸上丝毫没有半点美丽的神韵和光彩，但一看便感觉她具有某种生命力，好像她全身的神经在持续闷烧着。这女人缓缓露出笑容，笔直走过她丈夫身边，仿佛他只是个幽灵，然后便和汤姆握了握手，一双眼直盯着他。接着她将双唇抿湿，仍旧背对着她丈夫，以极轻但粗哑的声音对他说："去搬两张椅子来啊，都没地方坐。"

"噢，好好好。"威尔逊赶忙应声，然后便走进那间窄小的办公室，身影隐没在墙壁的水泥颜色中，灰白的尘土沾满了他的暗色西装、浅色头发，以及周遭的一切——除了他太太。她向前挨近汤姆。

汤姆急切地说："我想见你，你搭下一班火车来。"

"好。"

"我在车站下层的报摊旁边等你。"

她点点头，走离汤姆身边，同时乔治·威尔逊从办公室里搬了两张椅子走出来。

我和汤姆在店外马路远处没人看得见的地方等她。再过几天就是七月四日国庆节了，一个肤色暗灰、瘦巴巴的意大利小孩沿着铁轨排了成排的鞭炮。

汤姆对艾柯堡医生的广告牌皱了皱眉，开口说："这地方真够恐怖，对吧。”

“糟透了。”

“到别的地方走走对她也好。”

“她先生不会说什么吗？”

“你说威尔逊啊？威尔逊以为她要去纽约找她妹妹，他蠢到连自己是不是活着都搞不清楚。”

我就这样和汤姆·布坎南跟他女朋友一起去纽约了——也不算是一起，因为威尔逊太太谨慎地坐在另一个车厢里。火车上搞不好会有其他东卵居民，所以汤姆这样算是顾及他们的感受吧。

威尔逊太太换了一件棕色的平纹细棉纱洋装，到了纽约，汤姆搀她下车时，她宽阔的臀部把洋装布料绷得紧紧的。她在报摊买了一期《大城八卦》和一本电影杂志，又在车站药妆店买了冷霜和一小瓶香水。到了车站楼上，肃静的车道上荡着回音，一连过了四辆出租车她都没上，最后才选了一辆新车，薰衣草紫的颜色，浅灰的内饰。我们上了车，从偌大的车站驶进灿烂的阳光里，但威尔逊太太旋即把头从车窗的方向转回来，凑上前去拍了拍前面的玻璃隔板。

“我想买一条小狗，”她殷殷说道，“我想买一条养在我们的公寓里，我想要——养一条小狗。”

我们便倒车到一个灰发老人身边，这老人的长相像极了石油巨子约翰·洛克菲勒，他脖子上挂了一个篮子，里头蜷缩着十几条刚出生的小狗，看不出是什么品种。

老人凑到出租车窗旁，威尔逊太太渴切地问：“这些是什么狗？”

“什么狗都有，小姐，您想要什么狗？”

“我想要警犬，你应该没有吧？”

老人往篮里打量一番，看起来很犹疑，然后伸手拎了一条小狗起来，他抓着小狗后颈，小狗直扭个不停。

“这根本不是警犬啊。”汤姆说。

“对，这条不太算是警犬。”老人说话的声音透露出一点落寞，“这条比较像万能㹴。”他在小狗那棕抹布似的背上摸了一下，“你看它的毛，很不错吧，这种狗很好养，不会感冒。”

威尔逊太太热切地说：“我觉得很可爱，这多少钱啊？”

“这条啊？”老人用赞赏的眼神看着小狗，“这条算你十块美金。”

这条“万能㹴”（没错，这条狗的列祖列宗里肯定包含一条万能㹴吧，只不过它的脚实在白得不可思议）就这么转手了，威尔逊太太把它放在腿上，她摸着小狗那耐风寒的皮毛，看起来欣喜若狂。

“这是小男生还是小女生啊？”她措辞十分优雅。

“这条啊，这条是男生。”

“这是母狗吧。”汤姆决然说，“钱给你，你可以再去买个十条了。”

接着我们的车开到第五大道上，天气温暖和煦，简直带着点田园风情，在这样一个夏日的星期天下午，就算我看见一群雪白的绵羊走过街角，也不会感到惊讶吧。

“等一下，”我说，“我在这里下车吧。”

“不行，你还不能走。”汤姆旋即插话，“你要上楼坐坐，不然默特尔会难过，对不对，默特尔？”

“你来嘛，”默特尔也力劝，“我打电话叫我妹妹凯瑟琳也来，有眼光的人都说她长得可美了。”

“这个嘛，我很想去，可是——”

车子继续开，再度穿过中央公园，往西一百多号街的方向驶去。开到一百五十八街，成排的公寓恍若一块雪白的蛋糕，出租车在其中一小片前面停下。威尔逊太太带着帝王回宫般的神情，往附近扫视了一番，便拎起她的狗和其他战利品，神气活现地进了门。

我们乘电梯上楼时，她宣布："我要请麦基先生和麦基太太上来坐，还有，当然也要打电话叫我妹妹来。"

公寓位于顶楼，里头有小小的客厅、小小的饭厅、小小的卧房和小小的浴室。客厅里摆了一套过大的织锦家具，都挤到门边了，因此人在走动时，总会不停撞见家具上的凡尔赛宫仕女荡秋千图。屋里只挂了一幅画，是一张放得太大的摄影作品，看上去像是一只母鸡坐在一块模糊的石头上，但站远一点望过去，母鸡便成了一顶绑带女帽，照片里原来是一位肥胖的老妇人，笑脸迎着这客厅。茶几上摆着几本过期的《大城八卦》，还有《西蒙唤彼得》[1]那本畅销小说，以及一些百老汇的八卦杂志。威尔逊太太一心只顾念着那条狗，她差一位电梯小弟去买牛奶和铺了干草的箱子回来，小弟不大情愿地去了，还自作主张多买了一罐又大又硬的狗饼干，

1 《西蒙唤彼得》（*Simon Called Peter*）是美国一九二一年的畅销小说，此书问世之初颇有争议，因故事内容涉及性和宗教。

后来牛奶盆里的那块饼干泡了一整个下午，兀自软烂了。汤姆则从一个上锁的五斗柜里取出一瓶威士忌。

我这辈子只醉过两次，第二次喝醉便是在那个下午。因此，尽管那间公寓整个下午都满溢着欢快的阳光，晚上八点才天黑，但我印象中那天发生的事仿佛都罩着一个黯淡朦胧的模子。威尔逊太太坐在汤姆腿上拨了几通电话给一些人，接着香烟抽完了，我出门到街角的药妆店买烟，回来后却不见他俩人影了，我便小心翼翼地在客厅坐下，读了《西蒙唤彼得》的一章——不知是这东西写得糟糕透顶，或者是威士忌酒使人脑袋糊涂，总之我读来觉得莫名其妙。

汤姆和默特尔回到客厅后（我和威尔逊太太第一杯酒下肚便开始亲近地以名字互称了），客人也陆陆续续来到公寓门口。

默特尔的妹妹凯瑟琳看起来身形苗条，行止世故，大约三十岁，一头厚重黏腻的红发剪成了齐耳长的波波头，脸上的粉涂得像牛奶一样白，原本的长眉毛被拔掉，画成比较俏皮的角度，但又依稀可见自然的力量正努力重现旧有的眉形，因此那张脸看上去便显得有些模糊不清。她两条胳膊上戴着不计其数的陶制手镯，走动时镯子便上上下下撞得叮当响，不停发出喀啦喀啦的声音。她进门动作之流畅，感觉像是这里的主人，而且还带着占有欲似的将家具扫视一番，让我怀疑她是不是就住在这儿。但我这样问她时，她却纵声大笑，还把我的问题大声复诵一遍，接着才告诉我她是和一位女性朋友一起住在旅馆里。

麦基先生住在楼下的公寓，是个苍白阴柔的男人，看来才刚刮完胡子，颧骨上还沾着一块白白的肥皂泡沫。他和屋里每个人打招呼时都极其客气，跟我说他是"玩艺术的"，我后来才弄清楚他是一位摄影师，而威尔逊太太的母亲那张模糊的放大照，也就是墙上那帧看起来像灵质[1]似的照片，原来正是他拍的。麦基太太这人很多话，举止慵懒，长相标致，但个性令人讨厌至极，她得意扬扬地告诉我，结婚以来她先生一共帮她拍过一百二十七张照片。

威尔逊太太稍早已换了衣服，此刻她身着一套精致的连衣裙，是奶油色的薄纱材质，她在客厅里大模大样地轻快走动时，衣服便窸窣作响。她的个性也受那套洋装影响而改变

1 "灵质"（ectoplasm）是神秘学号称可用来召灵的一种黏稠物质，从灵媒体内散发出来，二十世纪初的美国颇盛行这类超自然的信仰。

了，刚才在车行里那令人惊叹的极度活力此时成了骄矜的神气，她的笑声、姿态和评论每时每刻都变得益发做作。她整个人不停扩张，而客厅在她四周显得越来越小，最后她仿佛化身八音盒里的人偶，在一片烟雾缭绕中，站在一个嘈杂而吱嘎作响的小钮上，兀自旋转着。

“亲爱的，”她用忸怩作态的高声调对妹妹说，“这些人大部分都是想拐你啦，他们满脑子都是钱啊。上个星期我请一个女的来这里帮我看看脚，她开账单给我的时候，我还以为她帮我割了盲肠呢。”

“那女的叫什么名字啊？”麦基太太问。

“埃伯哈特太太，她专门到人家家里帮人看脚。”

麦基太太说道：“我喜欢你的洋装，我觉得很美。”

威尔逊太太作出不以为然的样子，抬起一边眉毛。

她说：“只是一件破烂旧衣服而已，有时候我懒得打扮就穿这件。”

麦基太太仍继续说：“可是你穿起来好好看呀，你懂我的意思吗？如果叫我先生把你现在这个样子拍下来，我想他一定可以拍一张不错的照片。”

这会儿众人全静静地盯着威尔逊太太，只见她把眼睛上的一撮头发拨开，绽放出灿烂的笑容望着我们，麦基先生歪着头凝神看她，一只手在面前缓缓来回比画着。

过了一会儿，他说："我要调一下光线，我想带出五官的轮廓，还有我会尽量把后面的头发都拍进来。"

麦基太太嚷道："我觉得不用调整光线吧，我觉得是——"

麦基先生对她"嘘"了一声，大伙的视线便全转回模特儿身上。这时汤姆·布坎南用大家都听得见的音量打了个呵欠，站起身来。

他开口道："麦基先生和麦基太太再喝点东西吧，默特尔，再拿一些冰块跟矿泉水来，不然大家都要睡着了。"

"我刚刚就叫那个小弟拿冰块来了。"默特尔抬起眉毛，仿佛对下层社会的打混态度感到绝望，"这些人哪！就是要人盯着。"

语毕，她望向我，莫名其妙笑出声来，接着大动作走到小狗那儿去，陶醉地亲吻它，最后大摇大摆地走进厨房，步态轻盈，那样子仿佛里头有十几个大厨在等她指使。

这时麦基先生说："我在长岛拍过一些不错的作品。"

汤姆面无表情地看着他。

“有两张我们已经裱框挂在楼下了。”

“两张啥？”汤姆咄咄问道。

“两张试拍的作品，我把一张取名叫作《蒙托克角——海鸥》，另一张叫作《蒙托克角——海面》。”

默特尔的妹妹凯瑟琳在沙发椅上坐下，就坐在我旁边。

“你也住在长岛吗？”她问。

“我住西卵。”

“这样啊？我大约一个月以前才去那里参加过宴会，是一个叫盖茨比的人办的，你认识他吗？”

“我就住在他家隔壁。”

“我说啊，听人家说他是威廉二世[1]的侄子或表亲之类的，所以才那么有钱。”

“是吗？”

她点点头。

“我挺怕那个人的，可别惹到他。”

然后麦基太太打断了这则关于我芳邻的有趣情报，她突然往凯瑟琳一指。

1 威廉二世（Kaiser Wilhelm Ⅱ）是第一次世界大战期间在位的末代德国皇帝。

她劈头说："切斯特，我觉得你也可以拍她。"但麦基先生只兴味索然地点点头，便又把注意力转回汤姆身上。

"如果有门路的话，我很想在长岛多接点工作，只要有人给我个机会就好了。"

这时威尔逊太太拿着托盘走出来。"问默特尔啊。"汤姆说着，发出一声短促的狂笑，"她可以帮你写推荐信，对不对啊，默特尔？"

默特尔一时吓傻了，便问："你说什么？"

"你帮麦基先生写一封推荐信给你老公，让他帮你老公拍几张试拍照。"接着他便在脑袋里开始胡诌，嘴巴念念有词，"拍一张《加油站的乔治·威尔逊》之类的。"

这时凯瑟琳便靠过来，凑在我耳边低声说："他们两个人都很受不了自己的老公老婆。"

"是吗？"

"完全受不了。"她瞄了默特尔一眼，又瞄瞄汤姆，"我说啊，如果受不了，为什么还要住在一起呢？换作是我，就马上离婚然后跟对方结婚。"

"默特尔也不喜欢威尔逊先生吗？"

结果居然是默特尔本人回答的，她听到我问的问题了，她回了一句又狠又脏的话。

“你看吧。”凯瑟琳叫道，一副得意扬扬的样子，随即又压低了声音，“其实他们不能在一起都是因为他太太，他太太是天主教徒，不能离婚。”

黛西根本不是天主教徒，我有点惊讶，汤姆这谎扯得还真是谨慎。

凯瑟琳继续说：“等到他们可以结婚了，他们要到西部住一阵子，等事情平静。”

“若要小心，还是去欧洲吧。”

“哎呀，你喜欢欧洲吗？”她冷不防嚷了起来，“我之前才刚去过蒙特卡罗呢。”

“这样啊。”

“去年才去的，我跟另外一个女孩一起去的。”

“待了很久吗？”

“没有，我们去了就回来了。我们从马赛去的，出发的时候带了一千两百多块美金，结果才两天就被赌场骗光了。告诉你，我们回来的路上吃了很多苦头，老天爷，我真的恨死那个地方了！”

有那么片刻光景，傍晚的天空在窗外全然展开，一如蜜糖般的湛蓝地中海。接着麦基太太尖锐的嗓音又将我唤回室内。

“我以前也差点犯错，”她精神奕奕地向众人宣告，“我差点嫁给一个犹太佬，他追了我好几年，我知道他配不上我，每个人都跟我说：‘露西尔，那男的完全配不上你啊！’但要不是我后来遇上切斯特，那男的就要把我追到手了。”

默特尔·威尔逊直点头，对着麦基太太说：“对，可是你要知道，至少你最后没嫁给那男的。”

“我知道。”

“我却嫁给那男的了，”默特尔讲到自己的事，“这就是我跟你的差别。”

“那你干吗嫁给他呀，默特尔？”凯瑟琳咄咄问道，“当初又没人逼你。”

默特尔沉思了片刻。

最后她终于开口：“因为那时候我以为他出身不错，我以为他还有点教养，没想到他连舔我的鞋子都不配。”

“你以前也疯了似的爱过他一阵子啊。”凯瑟琳说。

“我疯了似的爱过他！”默特尔不敢置信地嚷嚷说，“谁说我疯了似的爱过他啦？说我爱过他，不如说我爱过那边那位先生算了。”

她冷不防朝我一指，众人顿时望向我，好像我做了错事，我只好尽量用表情表示自己并未参与默特尔的过去。

“我唯一‘疯了’的时候，就是嫁给他的时候，我马上知道自己做错事了。他结婚穿的礼服，竟然是跟人家借的，而且还没告诉我。结果之后有一天，他不在家，人家上门来讨，我说：‘噢，这套西装是你的啊？我怎么不知道呢。’但我还是把衣服给那男的了，之后我躺着大哭了一整个下午。”

“她真的应该离开他。”凯瑟琳又跟我说，“他们住在那家车行楼上整整十一年了，在汤姆之前，她从来没有别的爱人。”

那瓶威士忌（是第二瓶了）这会儿大家已是轮流倒个没完，只有凯瑟琳没碰，她说她“没喝也感觉一样畅快”。汤姆打电话给楼下管理员，差他去买一家有名的三明治，那家三明治的分量完全可以充作正餐吃。我三番两次想抽身去外面，往东边中央公园的方向散散步，浸沐在轻柔的暮色里。但我每次想走，便又让激烈尖锐的辩论缠住，大伙儿的谈话就像绳索一样一直把我绑回椅子上。但对于暗夜街上好奇的行人而言，我们这排高踞在纽约天际的澄黄窗户，想必贡献了不少人世的秘密。我感觉自己也像好奇的行人，正抬头仰望，困惑地思索着。我身处其中，却又置身事外，听闻着人世变幻无穷的面貌，我感到既入迷又厌恶。

默特尔把椅子拉到我旁边，霎时从口中喷出一股热气，开始将她和汤姆初遇的故事浇灌而下。

“我们第一次见面是在火车上，在那两个很窄的位子上，就是面对面、大家都不想坐的那两个位子。那天我要到纽约找我妹妹，在她那里过夜。汤姆那天穿着燕尾服和漆皮的皮鞋，我忍不住一直盯着他，可是每次他看我的时候，我就假装在看他头顶的广告。我们下车以后，他站到我旁边，他胸前的白衬衫蹭着我的手臂，我就跟他说我要叫警察了，但他也知道我是骗人的。我跟他上出租车的时候，心里兴奋得搞不清楚自己上了车，还以为跟平常一样进了地铁呢。那时我心里只一遍一遍地想：‘人生苦短，人生苦短哪。’”

后来她转过去和麦基太太说话，她做作的笑声响遍了整个客厅。

只听她高声嚷道：“亲爱的，我这件洋装穿完了就给你，我明天就要去买一件新的了。我得把要做的事情都写下来，要去按摩，要去烫头发，要帮狗买一条项圈，还要买一个那种很可爱的迷你烟灰缸，就是装弹簧的那种，还要去买一个花圈，上面有黑色丝绒蝴蝶结、放整个夏天都不会坏的那种，放在我妈坟上——我要把这些要做的事全部写下来，免得之后全忘了。”

这时已是九点钟，不久后我再看一次表，立刻又变成十点了。麦基先生已经在椅子上睡着了，他双手握拳放在腿上，整个人看起来就像动作片的一张剧照。我掏出手帕，抹掉他脸颊上残余的肥皂泡沫，那些泡沫让我整个下午都忍不住分心。

那条小狗坐在茶几上，一对看不清楚的眼睛在烟雾中打量着，间或轻轻哼唧几声。大家不时从视线里消失又出现，不时讨论要上哪儿去，接着便又少了哪位，然后就去找那个人，接着又在几步外找到那个人了。到了接近午夜时，只见汤姆·布坎南和威尔逊太太面对面站着，以激昂的语气在讨论事情，他们在讨论威尔逊太太有没有权利讲黛西的名字。

“黛西！黛西！黛西！”威尔逊太太叫嚷着，“我想讲就讲！黛西！黛——”

这时汤姆·布坎南矫捷地出手，一掌打出了威尔逊太太的鼻血。

接着只见几条沾血的毛巾扔在浴室地板上，女人们的责骂声此起彼伏，还有一阵断断续续的痛苦哭号，凌驾在所有混乱之上。麦基先生从瞌睡中清醒过来，昏沉沉地朝门的方向走去，等走到一半才转过身来正眼看了眼前的情景——只见他太太和凯瑟琳两人在拥挤的家具之间走来走去，跌跌撞撞，手里拿着各式各样的急救物品，嘴里又是斥责又是安慰；而沙发上那个绝望透顶的人则鲜血汩汩直流，一边还费劲拿一份《大城八卦》铺在沙发的凡尔赛宫织锦图案上；然后麦基先生便转身走出门外了。我赶紧从吊灯上把我的帽子拿下来，随他走了出去。

我们乘着轰隆作响的电梯下楼，麦基先生对我说："改天一起吃个午餐吧。"

"上哪儿吃？"

"上哪儿都行啊。"

"不要摸操纵杆！"电梯小弟厉声喝道。

"不好意思，"麦基先生很有尊严地说，"我不是故意的。"

"好啊，不错。"我答道。

……后来印象中我站在他床边，他穿着内衣裤，坐在床上盖着被子，两手捧着一本大大的作品集。

“《美女与野兽》……《寂寞》……《载货老马》……《梁下流水》[1]……”

最后，我躺在寒冷的宾州车站下层，半睡半醒，眼睛盯着早上的《纽约论坛报》，等着四点的火车进站。

---

1 有一说认为这些摄影作品名称正是尼克这天所见人事物的暗喻。“美女与野兽”是默特尔和威尔逊先生的关系，“寂寞”是默特尔（或者也是威尔逊）的状态，“载货老马”即威尔逊的形象；而“梁下流水”的英文“Brook'n Bridge”恰好与“打坏的鼻梁”（broken bridge）发音相似，此处改译为“梁下流水”，是为了让读者联想到“鼻梁下流血”，制造出类似的双关效果。

第三章

整个夏季，我那位芳邻家中始终乐音飘扬。在他一座座蓝色的花园里，男人女人来去如飞蛾，穿梭在耳语、香槟和群星之间。每天下午涨潮时分，我便看着那些宾客从他浮筏的高台上跳水嬉戏，或躺在他私人海滩滚烫的沙子上晒太阳，他那两台汽艇则驰骋划破长岛海峡的海水，后头拉着滑水板，画出一道道白沫。每到周末，他的劳斯莱斯轿车就摇身变成一辆公共汽车，从早上九点到三更半夜都忙着往返纽约市接送宾客；而他的旅行车则像只敏捷的黄色小虫，总是轻盈而急切地前去等每班到站的火车。到了星期一，包含一位额外雇用的园丁，他家一共会有八个用人，他们会辛勤劳动一整天，拿着拖把、清洁刷、锤子、园艺剪等工具，修补前一晚饱受摧残的每个地方。

每个星期五，纽约一家水果商总会送来五大箱的橙子和柠檬；到了星期一，这些橙子和柠檬便只剩没果肉的对切空壳，堆成了一座小金字塔，从后门运出去扔掉。他厨房里摆着一架机器，能在半小时内榨完两百个橙子，只要有位管家动动大拇指，在那机器的小按钮上按个两百次就行了。

他们最少每两周订一次外烩[1]，那批外烩服务的人会从纽约市带来好几百英尺的帆布和许多彩色灯泡，把盖茨比那座偌大花园布置得活像棵圣诞树。自助式的供餐台上装饰着各色开胃冷盘，五香烤火腿紧挨着各式造型夸张的凉拌沙拉、酥皮香肠卷和如魔法般金黄色的火鸡肉。大厅里设了吧台，还像真的酒吧一样在底下安上一条让人放脚的黄铜杆，吧台里备有各式金酒、烈酒，以及各种许久不见的经典佳酿，他那些年纪轻轻的女客恐怕根本听都没听过这些酒。

乐队在七点前便翩然抵达，这乐队可不是单薄的五重奏，而是一支浩大的队伍，有双簧管、长号、萨克斯、维奥尔琴、短号、短笛、高音鼓、低音鼓等等。这时海边游泳的宾客都回来了，在楼上更衣梳妆；从纽约市开来的汽车在车

1　指在家中请客，又聘请专人来家中做菜，食材也由专人提供。

道上整整停了五排；所有大厅、小厅和阳台上已满是花红柳绿，放眼望去只见各式各样的新潮发型，还有连古西班牙卡斯蒂利亚王国也要望洋兴叹的各色披肩。此时吧台已忙得如火如荼，一盘盘鸡尾酒在花园里飘浮穿梭。渐渐地，屋里屋外的笑语益发欢腾起来，众人漫不经心地聊着八卦，捕风捉影或互相介绍，但往往转眼便把谈过的话题抛诸脑后；女客之间打起照面十分殷勤亲热，然而她们许多连彼此的姓名都不晓得。

大地一步步踉跄地偏离太阳，灯火则益发通明，此时乐队奏起澄黄的鸡尾酒宴会音乐，唱歌剧似的喧嚣人声也整整高了一个调，欢笑声每分每秒愈加畅快起来，挥霍溅洒，只要哪个人说了个开心的字眼便随之倾泻。人群的组成也变动得更迅速，越来越多的客人到来，一团团宾客便膨胀起来，转瞬间这儿散了一群，那儿又聚起一群。也有人漫游起来，就是一些十分自信的女孩，她们在人数较多、较稳定的几团人之间穿梭，在每个短暂欢乐的片刻中成为团体的焦点，接着又得意扬扬地漫步而去，在不停变幻的灯光下，悠游于更迭的脸孔、人声和色彩之间。

突然间，在这些吉卜赛人似的姑娘之中，一位衣着莹白的动人心魄的女孩抓了杯鸡尾酒便灌下壮胆，接着就开始摆动双臂，那模样宛若知名杂耍艺人弗里斯科[1]，她就那样在帆布搭的平台上纵情独舞。众人短暂地静默了一会儿，接着乐队首席热情调整乐曲节奏来配合那位女孩，人群便喋喋谈论起来，讹传这女孩就是红星吉尔达·格雷的替身，出身齐格菲歌舞团。一场狂欢盛宴已然展开。

我相信第一次到盖茨比家的那晚，我是少数真正获邀前去的客人，大多数人根本没收到邀请，都是不请自来的。这些人各自搭着汽车到长岛来，最后不知怎的全聚到盖茨比门前了。他们到了之后，某个认识盖茨比的人便知会一声，而后他们整晚的言行举止便遵循着游乐园的行为规范。有时他们从头到尾都没见到盖茨比本人，来就只是为了参加宴会，他们带着一颗简简单单的心前来，就能得到纵情狂欢的入场券。

但我确实是被邀请来的。那个周六早晨，一位私人司机走过我家草坪，他身穿知更鸟蛋色的蓝制服，替他雇主带来一张短笺。短笺上的措辞正式得惊人，上头写着若我能莅临

1　弗里斯科（Joe Frisco）是美国杂耍喜剧家，活跃于二十世纪上半叶。

他的“小宴会”，他将感到无上的光荣，还说他已见过我好几次，早想邀我，但因为种种因素，始终遇不到时机——信末签着“杰伊·盖茨比”，字迹遒劲有力。

到了周日，我换上一身纯白法兰绒装，在七点过后踏进盖茨比家的草坪。我四处瞎逛，在一圈圈素昧平生的人群旁感到不太自在——尽管我不时会看到一些熟面孔，我在往返纽约市的火车上看过他们。不过我马上很惊讶地发现，四周随处可见年轻的英国人，他们个个穿着正式，脸上的神情显得有些饥渴，且都殷切地和一些有身份地位的美国人低声交谈。我想这些人肯定是在推销债券、保险或汽车之类的。在这一带赚钱容易，我相信这些英国人就算心有不甘，仍对这点心知肚明。此外想必他们也深信，只要讲对话，这些容易钱也能进到他们自己的口袋里。

我一到便想去问候一下主人，但一连向两三个人打听盖茨比在哪儿，对方却都不敢置信地盯着我，然后激动地表示并不清楚盖茨比的行踪。因此我只好躲躲闪闪退到鸡尾酒桌那儿，整个花园里，落单的人只有待在这里才不会显出无事可做、无人可找的窘态。

我正打算去喝个酩酊大醉，省得清醒尴尬，这时却见到乔丹·贝克从房子里走出来，她站在大理石阶梯上，身子微微向后仰，带着点轻蔑的兴味往庭院里看。

我也顾不得她是否想见到我了，只得赶紧凑过去，以免待会得跟往来的陌生人寒暄客套起来。

我一边走向她，一边大吼："哈啰！"我的声音穿过花园，似乎大得不太自然。

待我走到她身旁，她心不在焉地应道："我就想你可能会来，记得你说你邻居就是——"

这时她淡漠地拉了拉我的手，示意她等会儿再回来招呼我，旋即把注意力转到两位在阶梯下停住的女孩身上；两位女孩身上穿着相同的黄洋装。

她们齐声大呼："哈啰！你没赢球真可惜。"

她们说的是高尔夫球锦标赛，乔丹在上周的决赛中输了。

其中一位黄衣女孩说："你不认识我们，不过我们大约一个月前在这里遇过。"

乔丹说："你染头发了。"我心里一惊，但那两个女孩已漫不经心地往别处走去，乔丹那句话便说给了月亮听，这晚的月亮比平常升得早，肯定像晚餐一样，是外烩服务的人巧手变出来的吧。乔丹用她纤细、金黄色的手臂勾着我的手，我俩走下台阶，在花园各处随意走。有一个托盘的鸡尾酒穿越暮色朝我们晃过来，最后我们找了张桌子坐下，和刚刚那两位黄衣女孩坐在一块儿，此外还有三位男士，他们一一向我们自我介绍，但听起来三位似乎都叫“话说不清楚”先生。

乔丹开口问她旁边的女孩：“你常来参加宴会吗？”

“我上一次来就是认识你那次。”女孩用机警自信的声音回答，并转头对同行的女伴说：“露西尔，你也是吧？”

露西尔说没错。

露西尔说：“我挺喜欢来这儿的，我这人就是随便做什么都好，所以每次来都很开心。上次我来的时候，礼服被一张椅子勾破了，他就问了我的名字跟住址，没一个星期我就收到一个包裹，里面是一件全新的卡瑞亚[1]晚礼服。”

乔丹问：“那你收下了吗？”

“那当然，我本来今天晚上要穿来的，可是那件胸围太

---

1 “卡瑞亚”（Croirier's）是作者虚构的服饰店名，或许是模仿珠宝名牌卡地亚（Cartier）而来，卡地亚正是同年代于美国纽约发迹的法国品牌。

大，还得改一下。那件是火焰蓝，配薰衣草紫的珠子，一件要卖两百六十五美元。”

“会做这种事的人真妙啊，”另一个女孩殷殷地说，“他真是谁都不想得罪呢。”

“你们说的是谁啊？”我问。

“盖茨比啊，有人跟我说——”

那两个女孩和乔丹头凑在一块儿，十分亲密的模样。

“有人跟我说啊，听说他杀过人。”

所有人顿时毛骨悚然，那三位“话说不清楚”先生也俯身向前，眼巴巴地竖耳细听。

“我觉得没到那程度。”露西尔没买账，开口反驳，“他应该是大战期间的德国间谍吧。”

这时其中一位男士也点头证实。

他很肯定地向我们打包票：“我也听过一个男的这样说，那男的对他的事很清楚，他们两个在德国从小就认识了。”

“哎呀，不对，”首先开口的那位女孩又说，“不可能啊，因为他大战的时候在美军军队里呀。”我们的信任又转回那女孩身上，她整个人便兴奋地往前靠，然后说：“有时他以为旁边没人在看的时候，你们趁机看一下他的脸就知道了，我敢保证他一定杀过人。”

她说完便眯起眼睛，颤抖了一下，露西尔也发颤了，大伙儿都转过头去看看盖茨比在哪里。世上大概很少有事情会让我眼前这批人觉得需要压低嗓音讨论，然而他们说到盖茨比，却是这样轻声耳语，由此可见他在人们心中激起多少幻想和臆测了。

这时已开始供应第一顿晚餐（午夜之后还会供应第二顿晚餐），乔丹邀我和她的朋友一起用餐。她的朋友坐在花园另一端的桌子旁，有三对夫妇，另外还有一位她的护花使者。那护花使者是一位大学生，锲而不舍地追求乔丹，他说话习惯讥讽影射，而且显然认为乔丹最后多多少少会委身于他，只是早晚的问题。这群人不像其他人四处东拉西扯，而是始终维持着同质性，自视甚高，他们认为自己有责任维持乡下古板贵族的形象，那就是东卵可以勉强对西卵屈尊俯就，但同时仍小心提防西卵璀璨的狂欢气氛。

我们便这么瞎耗着混了半小时，后来乔丹低声对我说：“我们走吧，这儿太拘束了。”

我俩便站起来，她向大家解释我们要去找主人，她说我一直还没见着他，感觉不大好。那位大学生点点头，模样显得愤世嫉俗，有些抑郁。

我们先朝吧台的方向看去，那儿宾客云集，但不见盖茨比的人影，乔丹站到台阶最高处仍没见到他，阳台上也没找着。后来我们偶然发现一道外观气派的门，便走进去看看，一看发现是一间挑高的阅览室，内部是哥特式设计，墙上嵌着雕花的夏栎木板，整个房间看来似乎是从海外某栋废弃的古屋原封不动搬来的。

只见一个肥壮的中年人坐在一张偌大的桌子旁，脸上戴着一副巨大的圆框眼镜，像猫头鹰眼似的，整个人看起来似乎有些醉意，正目光涣散地盯着房里的书架。我和乔丹走进去后，他倏地转身，看起来很兴奋，还把乔丹从头到脚打量了一遍。

“你们觉得怎样？”他鲁莽地问。

“什么怎样？”

他举起手往书架挥了挥。

“这些啊。其实呢，你们也不必费心研究了，我研究过了，这些都是真的。”

“你说这些书吗？”

他点点头。

“完全是真的——里头一页一页的，该有的都有，我还以为这些是耐用的纸板做成的假书，可是其实全是真的，一页一页的，还有——这个！你们看看。”

他似乎认定我们也和他一样心存怀疑，整个人箭步冲向书架，拿了本《斯托达德讲座》[1]的第一册来。

“你们看！”他得意扬扬地嚷着，“货真价实的印刷品哪，差点把我骗到了，这家伙完全就是大剧作家贝拉斯科[2]啊，太成功了，做得多仔细啊！太逼真了！而且他还知道要点到就好，你们看，连书页都没裁开。可是能奢求什么？还要他怎样？”

他一把从我手上拿回那本书，赶忙放回架上，嘴里还喃喃作声，说这间阅览室少了一块砖就可能会塌下来。

他又问：“谁带你们来的？还是你们自己来的？我是人家带我来的，大部分客人都是人家带来的。”

乔丹看着他，脸上有些戒备，但仍眉开眼笑的，她没答话。

---

1 《斯托达德讲座》(*John L. Stoddard's Lectures*) 是斯托达德（John L. Stoddard，1850—1931）出版的一系列各国游记。

2 贝拉斯科（David Belasco，1853—1931）为美国知名剧作家、戏剧制作人、导演。

男人继续说："带我进来的是一个姓罗斯福的女人，克劳蒂·罗斯福太太，你们认识她吗？我昨天晚上不知道在哪里认识她的。我醉了大概一个星期了，刚刚想到或许来阅览室坐一坐能清醒些。"

"有用吗？"

"一点点吧，我想，还不知道，我才进来一个钟头而已。我跟你们讲过这些书吗？这些都是真的，每一本——"

"你说过了。"我们和他严肃地握握手，然后便走回屋外。

花园里的帆布平台上现在已是一片舞姿婆娑。老头子推着年轻女孩向后退，姿态粗野，一圈圈无止境地旋转；一对对满怀优越感的男男女女以高难度而时髦的姿势相拥而舞，在角落跳着；此外还有许多只身一人的女孩在独舞，尽情展现自我，偶尔还让乐队休息一下，把他们的班卓琴和打击乐器拿来即兴一番。到了午夜，欢乐的气氛益发高涨了，一位大名鼎鼎的男高音唱了一首意大利歌曲，一位臭名昭著的女低音则唱了一首爵士乐曲，而两首曲目之间则有许多人在花园四处表演各种"特技"，一阵阵愉悦空虚的笑声冉冉升向夏夜天空。舞台上出现一对双胞胎，定睛一看，原来是刚刚那对黄衣女孩，她们打扮成婴儿模样演了一段戏。香槟酒一杯又一杯地倒着，酒杯比餐桌上用来洗手的水碗还大。月亮升得更高了，而飘浮在海湾上的，是一副三角状的银色天秤，对着草坪上班卓琴僵硬微弱的嘀嗒声微微颤动着。

我还是跟乔丹·贝克走在一块儿。我俩坐到一张桌子旁，同桌的有一位男士，看上去与我年龄相仿，另外还有一个吵闹的小女孩，只要什么人或什么事稍稍一逗，她便乐不可支、大笑出声。这会儿我已经很能自得其乐，我喝了两水碗的香槟，现在花园里的情景在我眼中看来，已变得不像儿戏，而显得十分重要，非常不肤浅了。

后来花园里各式节目暂时沉寂下来，那位男士望向我，对我微笑。

“你看起来很面熟，”他用很客气的口吻说，“你大战的时候在第一师吗？”

“哎呀，没错，我那时候在第二十八步兵团。”

“我一九一八年六月以前都待在第十六步兵团，难怪我觉得好像在哪里见过你。”

我们又聊了一会儿，谈到在法国时那几个多雨阴霾的小村，这人显然是西卵居民，因为他说他刚买下一架水上飞机，明天早上就要玩玩看。

“老哥，到时候想一起来吗？就在海湾岸边。”

“几点？”

“看你几点比较方便。”

我正打算请教他的名字，这时乔丹转过头来看见我们在交谈，便露出微笑。

“现在可开心了吧？”她问。

“好多了。”我又转头对那位刚认识的朋友说，“这宴会对我来说真不寻常，我甚至还没见到主人呢，我就住在那边——”我伸出一只手朝远处看不见的树篱挥了挥，“这个盖茨比派他的司机送了张邀请函给我。”

我话说完，他却看着我好一会儿，好像没法理解我说的话似的。

“我就是盖茨比啊。”接着他突然说。

“什么？”我惊叫，“哎呀，真对不起。”

“我还以为你知道呢，老哥，看来我这主人当得不太称职。”

他露出一个理解的微笑——不，不仅是理解，是那种使人永远宽心的笑，世上少有像这样的笑，你一辈子恐怕只会见到四五次。这个笑先是（至少看起来是）面对整个外在的世界片刻，接着便偏爱地专注在你身上，令人难以抗拒。这个笑理解你，却不逾越你想被理解的程度；它也相信你，恰如你相信自己的程度。这个笑向你保证，它对你的印象，正是你最希望呈现给别人的印象。然后就在这时，这样的笑容便消失无踪——这人在我眼里成了一位风姿潇洒的钻油小子，看上去约莫三十出头，措辞讲究而拘谨，几乎到了夸张的程度，早在他还没说出名字之前，我便强烈感觉到他用字遣词小心翼翼。

盖茨比先生才刚表明自己的身份，便有位管家急急凑到他跟前，说是有通芝加哥打来的电话请他听。他浅浅鞠了个躬，向同桌所有宾客致意，这才离开。

“老哥，你需要什么就尽管开口。”他殷勤地对我说，“不好意思，我等会儿再回来。”

他人一走，我立刻转向乔丹，忍不住想让她知道我有多吃惊，我先前始终以为盖茨比先生该是个红光满面、身材富态的中年人。

“他是什么人？”我渴切地问，“你知道吗？”

“就是一个叫作盖茨比的人啊。”

“我的意思是他出生在哪里？是做什么职业的？”

“现在换你对这件事有兴趣啦。”她露出一个慵懒的微笑，“这个嘛，他跟我说过，他是念牛津的。”

我脑海里的盖茨比背后开始浮现出一个淡淡的背景，但乔丹又说了一句话，那画面便立刻褪去。

她说：“可是我不信。”

“为什么不信？”

“不晓得，”她坚持自己的看法，“我就是不觉得他读过牛津大学。”

她说这话的语气令我想起刚刚另一位女孩说的“我觉得他杀过人”，这也同样激起我的好奇心。要说盖茨比出生于路易斯安那州的沼泽穷乡，或是纽约市的下东区[1]，我都能相信，因为那是可以理解的。但年纪这么轻的人，至少在我这没见过世面的乡下人看来，年纪这么轻的人不可能就这样凭空出现，在长岛海峡买下一座宫殿。

“总之，他常举办很大的宴会。”乔丹随即换了话题，充分展现都市人不喜欢谈论具体事情的性格，“我喜欢大宴会，

1　纽约下东区当年住的多半是移民和劳工，是较为贫困的地区。

比较隐秘，小宴会总是一点隐私也没有。”

这时大鼓轰的一响，乐队首席的声音倏地响起，盖过了花园里众人无意义的鹦鹉学语。

他高声说：“各位先生、女士，应盖茨比先生的要求，我们现在要为各位演奏托斯多夫[1]先生的最新作品，这首曲子去年五月在卡内基音乐厅演出，大获好评，看过报纸的人就知道，当时非常轰动。”他故意露出愉快而高傲的笑容，然后补了一句：“还真轰动啊。”众人听了哄堂大笑。

“这首曲子，”最后他用洪亮的声音说，“就是托斯多夫的《世界爵士乐历史》。”

托斯多夫作的曲子究竟如何我不清楚，因为曲子一开始演奏，我的目光便已落在盖茨比身上了，只见他独自一人站在大理石台阶上，带着赞许的眼神扫视一群群的宾客。他脸上的肌肤黝黑，紧实健美，一头短发看起来像每天都修剪过的，我在他身上根本看不到一丝邪恶。我在想，是否因为他没喝酒，才使他和这些宾客看起来迥然不同，因为我感觉到，似乎宾客越是沆瀣一气、狂欢笑闹，他的言行就越是端

1　托斯多夫（Vladimir Tostoff）为作者杜撰的作曲家。

正。《世界爵士乐历史》一曲演奏完毕时，不少女孩已快活地将头枕在男士肩上，像小狗般偎着，或是作弄地整个人往后倒在男士怀里，甚至直接往一群男士中间倒，因为她们知道一定会有人伸手接住。然而却没人敢往后倒在盖茨比怀里，没有哪颗法式波波头会去依偎在盖茨比的肩上，也没有人找盖茨比组个四重奏高歌一曲。

“不好意思。”

盖茨比的管家突然凑到我们身旁。

“您是贝克小姐吗？”他问，“不好意思，盖茨比先生想找您单独说句话。”

“找我？”乔丹惊呼。

“是的，小姐。”

乔丹缓缓站起身，向我诧异地挑挑眉，便随着管家走向屋子。我发觉她不管是穿着晚礼服，或是其他各种装束，那姿态仍像穿着运动服，她举手投足之间就是带着某种神气，仿佛她小时候是在空气清新冷冽的早晨，在高尔夫球场上学会走路似的。

现在只剩我独自一人，就快两点了。有好一阵子，阵阵声响一直从露台上那个有许多窗户的长房间里传出来，声音糊成一片，似乎很有意思。乔丹的那位大学生这会儿正和两位合唱团的女孩大谈产科学问，还直邀我一块儿聊，我想甩开他，便走进屋里去了。

楼上这间宽敞的房间里挤满了人，两位黄衣女孩的其中一位，这会儿正在弹钢琴，有一位身材高挑、满头红发的年轻女士站在她身旁唱歌，她是一个知名合唱团的团员。这位女士已喝了好几杯香槟酒，她在高歌的过程中，似乎笨拙地认定所有事都太太太悲伤了，因为她不只在唱歌，同时也在哭，曲子暂歇的地方，全让她用倒抽气和断断续续的呜咽填满了，哭完后接着又用颤抖的女高音唱下一句歌词。泪水自她双颊潸然落下，只是落得不大顺畅，因为眼泪一碰到她那刷着厚厚睫毛膏的眼睫毛，便染成了墨黑色，成了一道道小黑水河，缓慢迂回地淌完剩下的路程。有人打趣建议她唱自己脸上的音符，这位女士听了便双手一甩，倒在椅子上，深沉沉、醉醺醺地睡着了。

“她刚和一个自称是她先生的人吵了一顿呢。”我身旁的一个女孩向我解释。

我环顾四周，这时还没走的女士们，几乎都在和自称是她们丈夫的男人吵架，就连乔丹那群朋友，就是那东卵四人组，这会儿也起了纷争而分崩离析了。其中一对夫妇的先生跟一位年轻女演员聊了起来，饶富兴味，全神贯注，他太太原想淡漠自持、一笑置之，但后来完全崩溃，且开始采取侧翼攻击，她不时突然凑到他旁边，像一颗怒光闪动的钻石般，朝那丈夫的耳朵嘶声道："你自己答应我的！"

不愿打道回府的可不只有恣意妄为的男士们，此刻门厅里就有两位神智清醒的可怜丈夫和他们大为光火的夫人在那儿，这两位夫人正微微提高了嗓音在互相声援呢。

"他每次看我玩得正开心就说要回家。"

"从没见过这么自私的人。"

"我们每次都是最早走的。"

"我们也是。"

"呃，今天晚上我们几乎是待到最晚的了，"其中一位男士怯懦地说，"连乐队都走了半小时了。"

尽管两位夫人都认为这一切简直恶劣得令人难以置信，但这场纷争仍在短暂挣扎后落幕，两位夫人都给抬着抱了出去，脚还不停踢着，就这样遁入夜色中。

我在门厅等着拿我的帽子，这时阅览室的门开了，乔丹·贝克和盖茨比一起走了出来，盖茨比还在对她说最后几句话，神色殷切，但有几位宾客上前向他道别，他便顿时收敛，恢复拘谨的模样。

乔丹那伙朋友在门廊上颇不耐烦地喊她，但她仍停下脚步和我握手道别。

她对我低声说道："我刚听到的事实在太惊人了，我们刚刚在里头待了多久啦？"

"怎么了？大概一个钟头吧。"

"就……总之太惊人了。"她出神地重复道，"不过我才发誓不说出去的，这会儿却在吊你胃口。"她在我面前一边优雅地打了个呵欠，一边说："请你再约我吧……就查电话簿……找西戈尼·霍华德太太……我姨妈……"她说着便匆忙离去，同时举起一只棕色的手，潇洒快活地向我挥手道别，身影随即隐没在门边那群朋友里。

第一次登门就待到这么晚，实在难为情，因此我便加入最后几位宾客的阵容，和他们一起围在盖茨比身边。我想向他解释今晚稍早我其实找过他，并且为我在花园里没认出他的事向他致歉。

"别放在心上。"他殷殷叮嘱，"老哥，你别再想这事了。"然而这个熟悉的称呼却和他轻拍我肩膀要我放心的动作一样，并没有给我亲近的感觉。他接着说："还有，别忘了我们明天早上要去开水上飞机啊，九点钟。"

然后，管家又在他背后说：

"先生，费城的人打电话找您。"

"好，就来，你跟他们说我马上来听……那晚安了。"

"晚安。"

"晚安。"他对我一笑，刹那间，我待到最后才走似乎便有了意义，成了一件乐事，仿佛他为此已期盼许久。"晚安，老哥……晚安了。"

但我步下台阶，才发现这个夜晚还没结束。离大门约莫五十英尺处，有十来辆汽车的头灯正照着奇异而喧嚣的一幕，有辆车开进了路旁的沟里，右侧朝天，狠狠撞掉了一个轮子，那是辆崭新的双门跑车，没两分钟前才驶离盖茨比家的车道。这车轮脱落，是因为有道墙突出了一块。这会儿有五六位私人司机都好奇地停下观望，但这些人的车硬生生挡在路上，后方人车传来的刺耳喧嚣声此起彼落，已经响了好一段时间，使得眼前已经纷扰不堪的局势更加混乱。

一个身穿长风衣的男人从撞坏的车里走了出来，就站在马路正中央，他看看汽车，再看看轮胎，看完了轮胎，又看看身旁围观的人，看起来似乎自得其乐，又有点茫茫然的模样。

“你们看！”他喃喃解释，“开进沟里了。”

汽车开进沟里这件事显然使他感到无限讶异，而我则是先认出那不寻常的惊奇感，接着才认出那人，他正是夜里造访盖茨比阅览室的那位先生。

“怎么会开进沟里？”

他耸耸肩。

“我对机械一窍不通。”他说得斩钉截铁。

“可是怎么会开进沟里？你是撞到那道墙了吗？”

“别问我，”猫头鹰眼先生想完全撇清关系，“我对开车不太在行，几乎不大会，总之就开进沟里了，我也不知道怎么搞的。”

“你都不大会开车了，还想在晚上开车。”

“可是我根本没想什么嘛，”他气急败坏地辩解说，“我根本没想什么。”

围观者听了这话惊愕不已，顿时一片沉默。

“那你是想自杀吗？”

“只掉了个轮子算你走运！自己不会开车，还说开车的时候根本没在想！”

“你们搞错了，”这位现行犯向大家解释，“车不是我开的，车里还有另外一个人。”

围观的人听了这番声明都大吃一惊，等到跑车的门缓缓推开，大家更是发出一声长长的“啊——”，久久不断，围观的群众（这会儿已聚集一整群了）都不由自主地向后退。车门推到全开时，还幽幽停住一会儿，接着只见慢慢地、一截截地，有个人从撞坏的车里走了出来，他面无血色，踉踉跄跄，还伸出脚上那只大大的漆皮舞鞋，试探地在地上踩了几下。

那幽灵给四周车头灯的强光照得眼前花白，同时被哼唧不歇的车喇叭按得不知所措，他摇晃着站在原地好一会儿，才看见了那个穿着风衣的男人。

“怎么了？”他语气平静地问，“我们的车没油了吗？”

“你看！”

五六只食指都伸出来指着那个遭截肢的轮胎，男人凝视轮胎片刻，接着抬头往上看，仿佛怀疑车轮是从天而降似的。

“轮胎掉了。”有人向他解释。

男人点点头。

“我本来还没发现车子停了。”

众人鸦雀无声，接着男人深呼吸，挺起肩膀，用很坚定的声音说：“不资（知）道谁可以跟我讲哪里有加油站？”

这时至少六七个男人同时开口向他解释，说轮胎和汽车实在已经身首分离了，其中有几位男士的精神状态其实没比他好到哪里去。

又过了一会儿，那男人又提议：“倒车出去好了，倒着开出去。”

“问题是轮胎已经掉啦！”

他迟疑了一会儿。

“试试看没关系啊。”他说。

这时像猫儿低声怒叫般的喇叭声已渐强至高峰，而我则兀自转身，穿越草坪，往家的方向走去，途中我回头看了一次。一轮圣餐饼似的明月在盖茨比的房子上莹莹闪耀，令人感觉夜晚一如早先那样美好，而比起笑语，比起盖茨比家中此刻仍灯火通明的花园里那些嘈杂人声，月光更是持久不坠。这时似乎有一股空虚蓦然从那些窗口和高门倾泻而出，赋予主人的身影一种全然的孤立感。只见他站在门廊上，一手高举，十分庄重地挥手作别。

我写到此处歇笔试读，知道读者想必感觉这相隔数周的三个夜晚，似乎占据了我的所有心神，但事实恰恰相反，其实这些不过是一个热闹夏季中的偶发事件，直到此时，我绝大多数的心神仍放在自己的事务上，而非这三晚所发生的事。

我大部分时间都在工作。每天一大清早，我便行色匆匆地走过纽约下城一道道白裂痕似的街道，一路将自己的身影投射向西，走到诚正信托公司上班。我和其他职员及年轻的债券业务员都算熟，彼此以名字互称，中午就和这些同事一起用餐，到阴暗拥挤的餐馆吃猪肉香肠、土豆泥、咖啡等简便的餐点。这期间我甚至和一个女孩短暂交往过，她住在泽西市，在会计部门做事；但后来她哥哥开始不时对我投以刻薄的眼神，因此等到她七月一日去休假后，我便让这段关系默默地断了。

晚饭我通常在耶鲁同学会吃，不知为何，这是我每天最惨淡的行程，吃完我便到楼上的图书室去，研读投资和证券，读个一小时，算是尽了本分。同学会的俱乐部里常有几个爱胡闹的家伙，但那些人从不踏进图书室，所以那里挺适合做正事。自习结束后，如果夜色醇美，我便会沿着麦迪逊大道散步，走过老茉莉山饭店，行经三十三街，一路走到宾州车站。

我逐渐爱上了纽约，纽约的夜给人一种香艳刺激的感受，眼前随时晃动着男男女女的身影，车辆川流不息，令人目不暇接，称心快意。我尤其喜欢到第五大道漫步，在人群中挑出富有情调的女子，然后想象自己只消几分钟便能成为她们生活的一部分，而且没人会知道，没人会有异议。有时我心里会幻想随着她们走到隐蔽街道的角落，来到她们住的公寓，她们转身对我嫣然一笑，然后便遁入门内，隐没在温暖的黑暗中。在这大都市奇幻迷离的暮色中，有时我会感到一股萦绕不去的孤寂，也感受到其他人的寂寞。我见到许多可怜的年轻上班族在店家橱窗前徘徊，直等到时间差不多了，才上餐馆独自吃一顿冷清的晚餐，年轻上班族就这样在沉沉暮色里，挥霍浪掷一整晚和一辈子最动人的时光。

接着到了八点钟，等到四十几街的暗巷挤满轰隆发动要前往剧院区的出租车，这时我又会感觉一颗心直往下沉。出租车停着等待，只见车里的人儿互相依偎，他们唱着歌、笑着，不知正说着什么笑话，点燃的香烟映着他们模糊不清的姿态。我想象自己也正赶着去狂欢，去分享他们亲密的兴奋之情。我由衷祝福这些人。

我好一阵子没再见到乔丹·贝克，但仲夏时却又重新联络上了，起先我和她出去时只是感到虚荣，因为她是高尔夫球星，大家都知道她，但后来我的感觉便不止如此了。我称不上陷入热恋，但确实对她起了一种温柔的好奇心，她面对外在世界总摆出一副百无聊赖的高傲脸孔，似乎是在隐藏着些什么，装模作样的人起初或许是无心，但到了最后往往是想隐藏些什么。有一天，我终于发现了她的秘密。那次我们一起北上到沃里克参加宴会，在主人家住了几天，其间她向人借了一辆汽车，忘了关车篷，雨把车子淋得全湿透了。事后她却撒谎不认账，我霎时想起了在黛西家那晚我一直想不起来的那个传闻，乔丹第一次参加大型高尔夫锦标赛时闹出一件事，差点就要登上报纸：有人指控她在准决赛时把球从不好的落点挪了位置，这件事几乎成为丑闻，但在紧要关头被压了下去，因为有个球童后来改口翻供，剩下的另一位目击证人也承认自己或许是一时眼花。但这件事和她的名字自此便留在我的脑海中。

乔丹·贝克总出于本能避开聪明厉害的男人，现在我了解了，这是因为她觉得待在规矩保险的地方比较安全。她这人不老实到了无可救药的程度，她无法忍受居于劣势，而且我从她这种排斥的态度猜想，她或许年纪轻轻时就学会耍手段了，这样才能维持她那冷静侮慢的笑脸，同时满足她那副强健神气的躯壳吧。

这对我来说并没有什么关系，女人不老实，没人会苛责，我只稍微感到遗憾，很快便抛到脑后了。就在那次做客期间，我和她也聊到开车的事，谈话内容饶富兴味。我们会谈起这事，是因为她车开得离一个工人极近，那工人外套上的纽扣都让汽车的挡泥板给撞掉了。

“你开车技术烂透了，”那时我严词抗议，“你要么就小心点，要么就不该开车。”

“我很小心。”

“你哪里小心了。”

“那别人会小心。”她轻松地说。

“那跟你开车有什么关系？”

“别人会避开我呀，”她坚持，“要两方都不小心才会出事嘛。”

“那如果你遇到一个跟你一样不小心的人呢？”

“希望别让我遇上，”她回答，“我最讨厌不小心的人了，所以我才喜欢你。”

太阳把她灰色的眼眸照得微微眯起，她此时仍直视着前方，但其实已用这么一句话改变我俩之间的关系了。那一时半刻之间，我感觉自己似乎真的爱上她了，但我这人思考向来很慢，内心又有许多准则，就像安在欲望上的刹车器一样，我明白我要做的第一件事，绝对是把家乡那段纠缠不清的关系先脱离干净。当时我仍维持着写信回去的习惯，一周一封，信末还署名“爱你的尼克”，但其实我脑海里唯一的回忆便是那女孩打网球时，唇上那圈胡茬似的汗珠。尽管如此，对方似乎还抱着一点模糊的信念，我得先婉转击破了，才能真正恢复自由之身。

人生在世，每个人总不禁认为自己至少具备一项美德，而我的美德就是“诚实”：我认识的人之中，只有少数几位真正诚实，我正是其中之一。

第四章

星期天上午，沿海小镇的教堂钟声响起，整个世界和它的女人们[1]便再度来到盖茨比的华屋，在他的草坪上挤眉弄眼地说闲话，好不欢乐。

“他是卖私酒的。”那些年轻女士一边说，一边享用盖茨比的鸡尾酒，欣赏盖茨比的鲜花，“他以前杀过一个人，因为那人发现他是德国总统兴登堡的侄子，还是魔鬼的远房表亲哪。……亲爱的，摘朵玫瑰花给我吧，再用那边那个水晶杯，帮我斟最后一滴酒。”

我曾在一张火车时刻表的空白处，记下那年夏天去过盖

1 “整个世界和它的女人们”（the world and its mistress）意为“数不清的男男女女”，此处维持原文的说法，以呈现作者刻意模仿英文习语“全世界的人”（the world and its brother）的语言结构。

茨比家的客人，那张时刻表现在已经旧了，折痕的地方都快裂了，最上头印着“本时刻表于一九二二年七月五日生效”，但我仍能读出上面那些褪成浅灰色的名字。与其听我概括叙述，你不如就听听这些名字，或许更能了解当年是哪些人接受了盖茨比的殷勤款待，而这些人精心回报他的方式，却是对他一无所知。

那么，从东卵居民开始，有切斯特·贝克尔夫妇、利奇夫妇[1]，有个名叫邦森的人也去过，这人我在耶鲁就认识了，另外还有韦伯斯特·西韦，他去年夏天在北方缅因州溺水过世。此外还有霍尔恩必姆[2]夫妇、威利·伏尔泰[3]夫妇，以及布雷克巴克[4]那一家人（他们老聚在一个角落，只要一有人走近，他们便像山羊一样把鼻子翘起来）。另外还有伊斯梅夫妇，以及克里斯蒂夫妇（其实是休伯特·奥尔巴克陪克里

---

1 “利奇夫妇”（the Leeches）在原文中也有“水蛭、依赖他人的寄生虫”之意。

2 “霍尔恩必姆”（Hornbeam）这个姓氏的原文由 horn 和 beam 组成，这两个词在英文俚语中都可用来指涉男性生殖器。

3 “威利·伏尔泰”（Willie Voltaire）看起来像是法国名字，但显然是作者的玩笑之作，因为法语中并不存在伏尔泰这个姓氏。

4 “布雷克巴克”（Blackbuck）在原文中有双重指涉，一是“黑钱”（black bucks），再者也指“印度黑羚”，而印度黑羚的学名 Antilope cervicapra 的 cervicapra 正是“羊”的意思。

斯蒂的太太一道来的），还有埃德加·比弗[1]（我听人说他的头发在某个冬日午后莫名其妙地全白了）。

我印象中，克拉伦斯·安戴夫也是东卵来的，他只来过一次，那次他穿着白色灯笼裤，在花园里和一个名叫埃蒂的混混打了一架。从长岛更远地方来的还有奇德尔夫妇、O. R. P. 施雷德[2]夫妇，以及出身佐治亚州的史东沃尔·杰克逊·艾布拉姆斯[3]，还有费许嘉尔德夫妇和里普利·斯内尔夫妇[4]，斯内尔先生进监狱的三天前才去过盖茨比的宴会，那时他醉倒在碎石车道上，结果右手被尤利塞斯·斯韦特[5]太太开车碾

---

1 “埃德加·比弗”（Edgar Beaver）原文拼写极接近“热切的海狸”（eager beaver），在英文中意指工作极为卖力的人。另一可能的隐喻则与性有关，因 beaver 在俚俗用语和二十世纪二十到四十年代的英文中分别意指“女性阴部”和“胡子”，这两个意象结合起来，使得下文“头发全白”的 hair 字义变得暧昧不清，因 hair 其实可指身上任何一处的毛发。作者究竟有没有这种促狭之意，只能留给读者自行解读。

2 O. R. P. 为名字的缩写，但有一说法认为这三个字母暗指 Old Rich People，即已经富裕了好几代的贵族阶级，正是典型东卵居民的写照。

3 “史东沃尔·杰克逊”（Stonewall Jackson）这个名字令人联想到美国南北战争时南军的大将托马斯·乔纳森·“石墙”·杰克逊（Thomas Jonathan “Stonewall” Jackson）。杰克逊战功彪炳，因此得到“石墙”的称号。

4 “里普利·斯内尔夫妇”（the Ripley Snells）原文发音近似“臭得熟透”（ripely smells）。

5 “斯韦特”（Swett）原文发音和“流汗”（sweat）相同。

了过去。另外，当西夫妇[1]也来过，还有S. B. 怀特贝特[2]，他已经六十好几了，此外还有莫里斯·A. 弗林克、海默贺德[3]夫妇、烟草进口商贝鲁加和他那几位女朋友。

来自西卵的宾客[4]，则有波尔夫妇、马尔雷迪夫妇，还有塞西尔·罗巴克、塞西尔·舍恩、州参议员久利克，以及牛顿·欧季得，他就是卓越电影公司背后的大佬，另外还有艾可豪斯特、克莱德·科恩、S. 施瓦策先生[5]（他是儿子），以及阿瑟·麦卡蒂，这些人都算是电影圈的人。此外还有凯特利浦夫妇、本贝格夫妇，以及G. 厄尔·马尔登，他和后来那个把太太勒死的马尔登是兄弟。另外那个专门替新企业募集资金的达丰塔诺也常去，还有埃德·勒格罗、詹姆斯·B. 费里特[6]（外号叫"搞鬼仔"）、德容夫妇以及欧内斯特·利

---

1 "当西夫妇"（the Dancies）的原文发音近似"傻瓜、笨学生"（dunce）。

2 "怀特贝特"（Whitebait）在英文中是"银鱼"之意。

3 "海默贺德"（Hammerhead）在原文中除了指"双髻鲨"，也引申有"愚笨"之意。

4 在这份东西卵的宾客名单中，观察原文所列的姓名可发现，东卵居民的姓氏多源于西欧，来自西欧的美国移民正是当时社会地位较高的士绅贵族；而西卵居民的姓氏则为东欧、爱尔兰、犹太裔等居多，这些族群在当时的美国社会较受轻视。

5 原文中S. 施瓦策先生的"先生"使用西班牙语的说法（Don），点出此人为西班牙裔。

6 "费里特"（Ferret）在英文中原意为"雪貂"，带有狡猾、小偷的负面形象。

利[1]，他们几个是来赌博的，如果看到费里特晃到花园去，那就代表他又输光了，隔天联合牵引公司的股价又得波动一番，好让他把钱捞回来。

有个姓克力卜史普林格[2]的男人老待在盖茨比家，所以后来大家都管他叫“住宿生”——我怀疑他根本没别的地方可住。至于戏剧圈的人，则有格斯·魏兹、霍勒斯·欧多纳文、莱斯特·迈尔、乔治·达克魏得[3]和弗朗西斯·布尔[4]。其他从纽约市来的还包括克拉姆夫妇、贝可海森夫妇、邓倪克夫妇、罗素·贝蒂、科里根夫妇、凯莱赫夫妇、杜瓦夫妇、斯库利夫妇、S. W. 贝尔彻[5]、斯默克[6]夫妇，以及年轻的奎因夫妇（现在已经离婚了），另外还有亨利·L. 蒲梅铎[7]，他后来在时代广场的地铁跳轨身亡。

---

1 “欧内斯特”（Ernest）原文接近“诚挚”（earnest），利利（Lilly）则令人联想到英文中的百合（lily），给人纯洁无瑕的印象，此处似乎带着反讽意味。

2 “克力卜史普林格”（Klipspringer）在英文中原意为“山羚”。

3 “达克魏得”（Duckweed）在英文中原意为“浮萍”。

4 “布尔”（Bull）在英文中原意为“公牛”。

5 “贝尔彻”（Belcher）原文中隐含“打嗝”（belch）一词。

6 “斯默克”（Smirke）原文令人联想到“自鸣得意地笑”（smirk）一词。

7 “蒲梅铎”（Palmetto）的英文原意为“美洲蒲葵”。

本尼·麦克莱纳汉每次现身总带着四个女孩，其实每回都是不同的女孩，但每个看起来都一模一样，不免让人以为她们先前来过。她们的名字我如今已记不清楚，大概是杰奎琳或孔苏埃拉那类的名字，再不然就是格洛丽亚、朱迪、琼之类的；至于姓氏，要么是花卉名或英文月份那类悠扬悦耳的字眼，要么就是美国一些大资本家那种比较严肃的姓氏，只要一有人逼问，她们就会招认自己正是某资本家的亲戚。

除了上述这些人，我还记得福斯蒂娜·欧布赖恩也至少去过一次，另外去过的还有贝德克尔[1]家的几个女孩，还有小布鲁尔[2]，那人的鼻子在战争中被人开枪打掉了，此外还有欧布洛克斯博格先生、他的未婚妻哈格[3]小姐，还有阿尔迪塔·菲茨彼得夫妇。另外，P. 朱伊特先生也来过，他曾当过美国退伍军人协会会长，此外克劳迪娅·希普小姐也来过，她和一位男士来，大家都说那位先生是她的私人司机。还有某国的一位王子也来过，我们大伙儿都叫他“公爵”，他的

1 “贝德克尔”（Baedeker）在英文中亦指“旅游指南”。

2 “布鲁尔”（Brewer）的英文意为“酿啤酒者”。酿酒人的嗅觉理应极其敏锐，此处可见作者巧思。

3 “哈格”（Haag）的原文近似于“丑陋讨厌的老女人”（hag）。

名字我就算听过，如今也忘了。

那年夏天，以上这些人都曾到盖茨比家做客。

七月下旬的某天上午九点钟，盖茨比那辆漂亮的车开上我家那凹凸不平的石子车道，颠颠簸簸地开到我家门前，三音阶的汽车喇叭倏地鸣出一阵旋律。这是他第一次来找我，而我倒已经去过他的宴会两次了，也搭过他的水上飞机，还因为拗不过他的殷殷邀请，时常去使用他的私人海滩。

“老哥，早啊，既然你今天要跟我一起吃午饭，我想说我们就开车一道去吧。”

他说这话时，身子撑在汽车仪表板上，动作却显得极矫健，那模样实在是太典型的美国人了。这样的特色，我猜想是因为美国人年少时没做过粗活，也没习惯正襟危坐，另外更是因为那些我们时不时就参与的刺激的运动比赛，陶冶出一种难以言传的自在姿态。这种特质不断从他看似一丝不苟的行止间流露出来，使他显得躁动不安，他从未真正停住不动，总是一会儿用脚踏踏地板，一会儿把手摊开又握起。

他发现我一脸钦羡地凝望着他的汽车。

“车子很漂亮对吧，老哥？”他跳下车，好让我看个清楚，“你之前没看过我这辆车吗？”

我早看过了，所有人都看过了，这辆车呈浓郁的奶油色，镀镍饰条耀眼夺目，车身颀长无比，车里这儿突一块、那儿突一块，耀武扬威地装了各式箱柜，放帽子的、摆餐点的、收纳工具的，应有尽有。此外车子还装了重重叠叠的挡风玻璃，上头反射着十几个太阳。我们坐进这层层玻璃罩着的皮革温室，出发进城去。

过去一个月来，我和他或许聊过五六次了，我很失望地发现，他肚子里的墨水其实不多，他原先给我的感觉像是深藏不露的大人物，但这个第一印象已逐渐褪去，现在他在我心里不过是隔壁那家豪华“饭店”的老板罢了。

再来又加上这次乘他的车不大自在的事。我们还没开到西卵镇上的时候，盖茨比说话的措辞虽然仍然优雅，但每句话却开始有头没尾了，还一直犹疑不决地用手拍打他那焦糖色西装长裤的膝盖处。

“哎，老哥。”他突然开口，让我吓了一跳，“你到底觉得我这人怎样？”

我有些不知所措，不过还是针对他的问题，开始说出一番笼统闪烁的描述。

我话说到一半，他便打岔：“呃，我想告诉你我生平的一些事情，我不希望你听了那些传闻而对我有误解。”

原来客人在他家闲聊时所说的那些稀奇古怪的指控，他是知情的。

“我对着上帝发誓，”他突然举起右手，以天谴立誓，“我是中西部有钱人家的子弟，家里人现在全都过世了。我在美国长大，不过是在牛津大学受的教育，因为我家世世代代都在牛津受教育，这是家族传统。”

他说完便斜眼打量我，这时我明白为什么乔丹·贝克会认为盖茨比是在撒谎了，他说“在牛津大学受教育”这句话时，说得极为仓促，又像是想把这句话咽下去，又像是给噎住了，好像这事让他很不好受似的。我一有了这份怀疑，他的整番说法在我心里便溃不成军了，我不禁思索他这人是不是确实有些邪恶之处。

我佯装不经意地问说：“你家在中西部的哪一带？”

“旧金山。”

“了解。”

“我所有亲戚都死了，留给我很大一笔钱。”

他说这话的语调严肃，仿佛整个大家族竟彻底灭族的记忆仍挥之不去，我一时还怀疑他是不是在寻我开心，但我瞄了他一眼就知道他并无此意。

“后来我就像个年轻的印度大君，在欧洲各国的首都四处为家，去巴黎，去威尼斯[1]，去罗马。那时候我搜集珠宝，尤其是红宝石，也打猎，打大型动物，还画过一点画，都是做自己想做的事，设法忘记很久以前发生的伤心事。”

我根本不信他说的话，好不容易才憋住没大笑出声。我听到这番陈腐老套的说辞，脑里唯一能浮现的形象便是一个戏偶般的“角色”，头上裹着头巾，全身上下都在掉木屑，在巴黎的布洛涅森林里追着一只老虎跑。

“接着，战争就爆发了，打仗对我来说是很大的解脱，我一心想死，可是这条命却像被施了法一样，硬得很。大战一开始，我担任的是陆军中尉，打阿尔贡森林那场仗的时候，我带着机枪营的残余部队往前攻，我们冲的速度之快，跟两边都隔了半英里远，步兵根本没办法赶过来。我们就一百三十个人，只有十六把路易斯机枪，整整在那里撑了两天两夜。等到步兵队终于赶到，他们在敌人整堆的尸体里一

1　事实上威尼斯根本不是意大利的首都。

共找到德军三个师的徽章。我升成了少校，所有协约国都颁勋章给我，连黑山都有，就是亚得里亚海上那个小小的黑山啊，连他们都颁勋章给我！”

小小的黑山！他讲这几个字时，语调特别高昂，还点了点头，脸上甚至漾起笑容，这笑似乎表示他领会了黑山艰辛的历史，对该国人民的英勇奋斗也感同身受，能理解这个国家复杂的国情，明白他们为何会打从温暖的小心房里对他致上这番敬意。此时我内心的怀疑完全让着迷淹没，感觉就像短时间内浏览了十几本杂志。

他把手伸进口袋，接着一枚挂在缎带上的金属片便落在我手里。

“这就是黑山颁给我的勋章。”

我很讶异，因为这枚勋章看起来似乎货真价实，边上有排绕成圆形的外文字，写着“丹尼洛勋章，黑山，尼古拉国王”。

“你翻到背面看看。”

“杰伊·盖茨比少校，”我把上头的字念出来，“勇敢当先。”

“还有这个我也一直带在身上，这是我在牛津时期的纪念，在三一方庭拍的，我左手边那个人现在是唐卡斯特伯爵了。”

这张照片中有五六位年轻人，他们穿着团体服外套，在一道拱门下悠闲地站着，可以看见拱门后竖立着许多尖塔，盖茨比就在照片里，看起来比现在年轻些，但相差不多，他手上抓了根板球棒。

所以他说的都是实话了。突然间，我看到了他在威尼斯大运河的宫殿里那一张张赤灼耀眼的虎皮；我看到了他掀开一只大箱，里头的红宝石闪耀着艳红光泽，抚慰着他那被忧思啃蚀的破碎心灵。

“我今天想请你帮个大忙。”他说，称心如意地把那两件纪念品放回口袋，“所以我才想把我的一些事告诉你，我不希望你觉得我只是某个无名小卒。你知道吗，我身边常常都是陌生人，因为我想忘记从前那件难过的事，所以一直四处漂泊。”他停下来犹豫了一会儿，“这件事你今天下午就会知道了。”

“吃午饭的时候吗？”

“不是，等到下午的时候。我碰巧知道你要带贝克小姐去喝下午茶。”

“你是想告诉我，你爱上贝克小姐了吗？”

“不，老哥，没那回事，不过贝克小姐很好心，她答应帮我跟你提这件事。”

他说的“这件事”究竟是什么，我压根儿没概念，但对于这事，我的感觉是心烦多过好奇，我约乔丹去喝下午茶，可不是为了要讨论杰伊·盖茨比先生。我深信他要我帮的忙，必定是一件天大的事，有片刻我心中实在后悔当初踏上他家那人满为患的草坪。

盖茨比没再说话了。我们越靠近市中心，他越显得端正自持，车子经过了罗斯福港[1]，我们瞥见许多船腰上漆着鲜红油漆、正要出海的船只。接着车子便沿着一个地面铺着碎石子的贫民窟超速前进，这贫民窟旁有成排光线昏暗的老式酒馆，多半从十九世纪那已经褪色的镀金年代营业至今。接着灰烬之谷便在我们两旁展开，经过那间车行时，我还瞧见威尔逊太太在加油机旁挥汗替客人加油，她气喘吁吁，看上去生机勃勃。

汽车两侧的挡泥板像羽翼般延展开来，我们便这样飞驰

1 纽约实际上并无罗斯福港（Port Roosevelt），应为作者杜撰。

过半个阿斯托里亚[1]，沿途闪耀着光芒——只有半个没错，因为当我们在高架铁路的柱子间拐弯穿梭时，我便听到熟悉的摩托车"噗——噗——噗"的声响，只见一位警察抓狂似的骑在我们旁边。

"好吧，老哥。"盖茨比喊道，并把车速放慢，然后从皮夹里拿出一张白色卡片，在警察面前挥了挥。

"是是是，"只见那警察连声称是，并抬起帽子向他致意，"我下次就认得您了，盖茨比先生，不好意思！"

"那张是什么？"我问，"是牛津大学的照片吗？"

"我之前刚好帮过警察局长一个忙，后来他每年都会寄圣诞卡给我。"

车子开到大桥上，阳光从桥梁钢架间洒落，照耀在行进的车辆上闪烁不休，整个纽约市在河对岸拔地而起，宛如许多白色小丘和方糖，是人们用正当干净的钱怀着希望打造出来的。从皇后大桥上看纽约，永远都像第一次见到，能感受到这世上所有的玄奥与美丽，一如这个城市最初对你的热切承诺。

一个死人经过我们身旁，他躺在一辆满载鲜花的灵车

1 阿斯托里亚（Astoria）位于纽约市皇后区的西北部。

上，后头紧跟着两辆窗帘紧闭的轿车，再后面还有几辆看起来没那么阴郁的轿车，里头坐的是朋友。这些死者的友人看向车窗外，凝视我们，个个有着悲戚的眼神和南欧人典型的短上唇；我很高兴他们在这愁苦的假日中，至少欣赏了盖茨比这辆富丽的汽车。我们横跨布莱克韦尔岛[1]时，一辆豪华礼车从我们旁边飞驰而过，司机是个白人，三位乘客则是打扮时髦的黑人，分别是两个小伙子和一个女孩，他们朝我们高傲地转了转眼珠子，带着较劲的意味，我不禁大笑出声。

“过了这座桥，什么都可能出现，”我心想，“真的是什么都可能出现……”

连盖茨比这样的人都出现了，丝毫不足为奇。

正午的太阳熊熊燃烧，我和盖茨比约在四十二街一家有凉爽风扇的地窖餐厅用餐。我从艳阳高照的街上进到室内，眼睛眨了眨，才模模糊糊在候客室认出他的身影，他正在和一位男士说话。

“卡拉韦先生，这位是我朋友渥夫斯罕先生。”

1　布莱克韦尔岛（Blackwell’s Island）为罗斯福岛的旧称。

这位个子小、鼻子塌的犹太人抬起大大的头打量我，他两个鼻孔里的鼻毛快活地伸展着，我在昏暗的灯光下，过了半晌才终于找着他那双小眼睛。

渥夫斯罕先生热忱地握着我的手，并说：“——那时候我看了他一眼，结果你猜我怎么着？”

“怎么了？”我有礼貌地配合着问。

但他显然并不是在对我说话，因为他随即放下我的手，转向盖茨比，他那生动的大鼻子整个盖住了盖茨比的脸。

“我把钱拿给凯兹波，然后缩（说）：‘好，凯兹波，他的嘴再不闭上，就一毛钱也不要给他。’他当场就闭嘴了。”

盖茨比一手挽着渥夫斯罕，一手挽着我，往前走进餐厅里，这时渥夫斯罕先生把说到嘴边的一句话吞了回去，陷入恍惚出神的状态。

“喝威士忌调酒吗？”餐厅领班问道。

“这餐厅不错，”天花板上画着长老派教会风格的少女图样[1]，渥夫斯罕先生边望着少女图边说，“不过我更喜欢对街

1 原文为 Presbyterian nymphs，关于该词的意思众说纷纭，应是作者故意使用，来讽刺渥夫斯罕的暴发户品味。

那家！”

“对，帮我们上威士忌调酒。”盖茨比答道，接着对渥夫斯罕先生说，“那家太热了。”

“没错，又热又小，”渥夫斯罕先生说，“可是有很多回忆啊。”

“你们说的是哪家店？”

“老都城。”

“老都城，”渥夫斯罕先生阴郁地沉思道，“在那里的朋友死的死、走的走，很多朋友都永别啦。我这辈子怎么也忘不了的就是罗西·罗森塔尔给一枪打死的那晚。那天我们这桌坐了六个人，罗西整晚吃很多也喝很多，到了快天亮的时候，服务生走到他旁边，脸上的表情真够怪的，他说外头有人想找罗西说话，罗西说：‘好呗。’然后就准备站起来，但是我把他压回椅子上。”

“我说：‘那些混账要找你的话，就自己进来这里，可是我说真的，你不要离开这个餐厅。’”

渥夫斯罕继续说：“那个时候已经清晨四点钟了，如果我们把百叶窗掀开，准能看到太阳。”

“那他出去了吗？”我一派天真地问道。

“他当然出去了。”渥夫斯罕先生的大鼻子气愤地朝我这边晃过来，“他走到门边的时候还转头说：‘叫服务生不要收走我的咖啡啊！’然后他就走到外面人行道上，那帮人朝他吃得饱饱的肚子开了三枪，就开车走了。”

我记起当年这则新闻，便说：“他们有四个人都坐上电椅给处死了。”

“是五个，还有贝克尔。”他饶富兴味地转过头来，那对鼻孔朝着我，“听缩（说）你想枣（找）关系做生意啊。”

这两句不相干的话被他这么凑在一块，我听了吓一跳，盖茨比替我回答：“噢，不是，不是他。”

“不是他？”渥夫斯罕先生似乎显得很失望。

“他只是我的一个朋友而已，我说过，那件事我们之后再说。”

“不好意思，”渥夫斯罕先生说，“我搞错人了。”

接着美味多汁的肉末土豆泥送上来，渥夫斯罕先生立刻把老都城的感伤氛围抛到脑后，狰狞大嚼起来，吃相真是不斯文，同时一双眼睛还缓缓往四周巡视，最后甚至转过头去视察正后方的客人，视线整整绕了一圈。我想要不是我在，他或许会连这张桌子底下也瞧一瞧吧。

“哎，老哥，”盖茨比凑过来对我说，“今早在车上恐怕让你不高兴了吧。”

他再度露出那独特的笑容，只是这回我坚持住了，没被打动。

“我不喜欢神神秘秘的，”我回答，“而且我搞不懂，你为什么不老实告诉我你想做什么，为什么非得通过贝克小姐？”

“噢，不是什么见不得人的事。”他向我保证，“你知道，贝克小姐是一位了不起的运动家，不正当的事她绝不会做。”

接着他突然看了一下表，猛然站起身匆匆走出去，留我和渥夫斯罕先生坐在原位。

渥夫斯罕先生望着盖茨比的背影对我说：“他去打电话，他这家伙不错，对吧？模样生得俊，出身又好。”

“是。”

“他是念‘扭’津的。”

“喔！”

“他读的是英国的‘扭’津大学，你知道‘扭’津大学吗？”

“我听过。”

"'扭'津是世界上很有名的大学。"

"您认识盖茨比很久了吗?"我问道。

"几年了吧。"他用欣慰的语气回答,"我有幸认识他,这是大战结束后的事,不过我跟他大概聊了一个钟头,就知道这个人一定出身很好,那个时候我对自己说:'这就是可以带回家介绍给妈妈和姐妹认识的那种人啊。'"他说到这里停了一下,"你在看我的袖扣啊?"

我原本没在看,经他这么一提倒是看了起来,他的袖扣看起来是象牙制的,可是怪眼熟的。

"这是上好的臼齿标本,人的牙齿。"他告诉我。

"这样啊!"我仔细端详一番,"挺有趣的。"

"对啊。"他把袖口在大衣下折了起来,"对,盖茨比对女人非常规矩,朋友的太太他连瞄都不会瞄一眼。"

后来他出于本能信任的这位主角回来坐下了,渥夫斯罕先生猛然把咖啡一饮而尽,随即站起身。

他说:"我午饭吃饱啦,先走了,让你们年轻人自己聊,我再待就惹人嫌喽。"

盖茨比开口:"迈耶,再坐一会儿嘛。"但他的语气并不怎么殷勤,渥夫斯罕先生把一只手举起来,像在为我俩祝祷似的。

他严肃地对我们说："你很周到，可是我跟你们是不同时代的人，你们两个就坐在这里聊球赛、聊女人，还有聊——"他又摆摆手，算是打发掉那句想不出来的话，"我呢，我这五十岁的老头儿就不烦你们了。"

他和我们握手道别，他转身离去时，那哀戚的大鼻子竟在颤抖，我不知道自己刚刚是否说了什么得罪他的话。

盖茨比解释："他这人有时候会很感伤，今天也是。他在纽约是个大人物，常待在百老汇那一带。"

"那他到底是什么人，演员吗？"

"不是。"

"那是牙医吗？"

"迈耶·渥夫斯罕是牙医？不是，他是个赌徒。"盖茨比迟疑了一会儿，然后冷静地补了一句，"一九一九年世界大赛的假球案就是他搞的。"

"世界大赛的假球案就是他搞的？"我不禁把他的话重复一遍。

我十分震惊，我当然记得一九一九年世界大赛的假球案，但我充其量只感觉这件事好像就是这么发生的，是一连串不可抗力导致的结果，我从没想过有一个人可以操弄五千万人相信的事，就凭着窃贼把保险箱炸开的那种专心致志。

过了片晌，我问："他是怎么办到的？"

"就是正好有个机会。"

"那他为什么没坐牢？"

"他们抓不到他啊，老哥，他是个聪明人。"

后来我坚持付了账，服务生把零钱拿过来时，我一眼瞥见汤姆·布坎南就在这拥挤餐厅的另一头。

"你跟我来一下，我去跟人打个招呼。"我说。

汤姆一见到我们便霍地起身，朝我们走了五六步。

他劈头就问："你最近都到哪里去啦？你都没打电话来，黛西很生气。"

"这位是盖茨比先生，这是布坎南先生。"

他们匆匆握了手，这时盖茨比脸上掠过紧绷尴尬的神色，我很少见到他这个样子。

"那你最近到底怎么了？"汤姆咄咄问，"你怎么跑到这么远的地方来吃饭？"

"我跟盖茨比先生来这里吃午餐。"

我转向盖茨比先生，但他却已不见人影。

（以下是当天下午我跟乔丹在广场饭店的午茶花园时她说的话，当时她整个人在直背椅上坐得直直的。）

那时是一九一七年十月的某一天——那天我要去某个地方，正在路上走，一会儿走在人行道上，一会儿又走到草坪上。我比较喜欢走在草坪上，因为那天我穿了一双英国的鞋子，鞋跟上有橡皮材质的小疙瘩，会在软软的地上钉出一个个印子。那天我还穿着一件新的格子花呢裙，风把裙子吹得微微撩起，每次裙子又被吹起来时，家家户户门前红白蓝的三色旗就都摊开来，责备地发出“啧啧啧”的声音。

最大的旗子和最大的草坪都是黛西·费伊他们家的，那时黛西不过十八岁，长我两岁，绝对是路易斯维尔最受欢迎的女孩。她总穿着白色衣裳，开着一辆白色的敞篷小跑车，家里电话一天到晚响个不停，都是泰勒营的年轻军官，个个兴奋地拜托她赏赐他们独处一晚的特权：“不然一个钟头也好！”

那天早上，我走到她家对面的时候，看到她那辆白色敞篷车停在路边，她和一位我从来没见过的中尉坐在车子里，他俩的注意力全放在彼此身上，所以我走到距离一两英尺的地方，黛西才瞧见我。

没想到她竟然出声唤我：“嗨，乔丹，你来一下好吗?”

黛西想跟我说话，我真是受宠若惊，因为在那些年纪比较大的女孩里，我最崇拜的就是她了。她问我是不是要去红十字会帮忙做绷带，我说对，她说那我能不能帮她跟大家说她今天不能去呀？她说话的时候，那位军官望着她的那模样呀，每个女孩都希望有人能那样看着自己，也就因为我觉得那一幕实在浪漫，所以到现在都忘不了。那军官名叫杰伊·盖茨比，在那之后我有超过四年的时间都没见过他——甚至后来在长岛又遇上的时候，我也没意识到这两人是同一个人。

那是一九一七年的时候，过了一年，我自己也有几位男性朋友了，也开始参加锦标赛，所以就不常有机会见到黛西。她不大跟人出去，偶尔出去的时候，都是跟年纪大一些的人。而且开始出现了许多关于她的乱七八糟的谣言。大家说那年冬天有个晚上，她母亲发现她在收拾行李，准备去纽约跟一个要到海外的军人道别，家里人不让她去，结果后来她好几个星期都不和他们说话呢。在那之后，她就不和那些军人厮混了，只跟城里有扁平足啊、近视眼啊那些不用当兵的年轻人出去。

来年秋天，她又开朗起来了，比之前还要开朗。大战的双方签订停战协议后，她正式进入社交圈。二月的时候，她似乎和一位新奥尔良的男士有了婚约，但到了六月她就和芝加哥来的汤姆·布坎南结婚了。汤姆的气派之大，经济状况之好，完全超出路易斯维尔人的想象，他家包下四节商务车厢，总共载了一百个人南下观礼，还在路易斯维尔的希尔顿饭店包下一整层楼。婚礼前一天，他送给黛西一串珍珠项链，价值三十五万美金。

我是黛西的伴娘，要举行准新娘送礼晚宴的半小时前，我进她房里，看到她穿着花洋装，看起来和那个六月天的晚上一样美，整个人躺在床上，醉得像猴子似的，她一手拿着一瓶索泰尔讷法国白葡萄甜酒，另一只手里揣着一封信。

她喃喃低语："快恭喜我呀，我从来没喝过酒，现在才知道喝酒真痛快。"

"黛西，发生什么事了？"

我跟你说，我当时真是吓坏了，从没见过有哪个女孩家喝成那样。

“拿去，亲爱的。”她在拿到床上的字纸篓里摸索一阵，掏出那串珍珠项链，“拿到楼下去，该给谁就给谁，跟大家说黛西反悔了，说‘黛西反悔啦！’”

接着她就开始哭了，哭得没完没了。我赶忙冲出去，找到黛西母亲的女佣，我们两个把房门锁了，让黛西泡冷水澡，她一直死命抓着那封信，还把信拿到浴缸里去，捏成了一团湿淋淋的球，直到看到信纸碎成了雪片似的，才让我把信扔在肥皂盘里。

但后来她便没再说什么了，我们让她闻阿摩尼亚精，给她冰敷额头，然后帮她重新套上洋装，半小时后我们走出房间，她脖子上戴着那串珍珠，这件事总算落幕。隔天下午五点她便嫁给了汤姆·布坎南，眼睛也没眨一下，婚礼结束后就出发到南太平洋，展开三个月的蜜月之旅。

他们回来后，我们在圣巴巴拉碰过面，那时我感觉这辈子从没见过其他女孩对自己的先生这么痴狂，每次只要汤姆走出去一会儿，她就忐忑地四处张望说：“汤姆上哪儿去了？”然后脸上便露出心不在焉的神情，直到看见汤姆走进来才会恢复正常。那时候她会坐在沙滩上，让汤姆的头靠在她的大腿上，一躺就是个把钟头，她会用手指轻拂他的眼睛，带着谁都没办法琢磨的喜悦看着他。看着他们会让人很感动，任谁见了都会着迷，会忍不住要偷偷笑出声来。那时是八月。我离开圣巴巴拉一个星期后，有天晚上，汤姆开车在文图拉公路撞上一辆运货马车，他汽车的一个前轮撞掉了，坐在他车上的那个女孩也一起上了报，因为她一只手臂撞断了——那是一个在圣巴巴拉饭店打扫房间的女佣。

来年四月，黛西生下女儿，他们一家人去法国待了一年。我春天的时候在戛纳见过他们一次，然后在多维尔又碰过一次面，后来他们便回到芝加哥定居了。你知道的，黛西在芝加哥很受欢迎，他俩跟一群爱玩的人往来，那些人个个又年轻又有钱，玩得也凶，可是黛西的名声始终清清白白，可能是因为她不喝酒吧。在一群酒喝得凶的人里面，不喝酒是有好处的，这样就不会失言，而且更重要的是，就算想做一点不规矩的事，也可以抓到对的时机去做，大家醉昏了头，就看不到也管不了你做了什么事。也许黛西从来没有真的偷情过，可是她跟人说话的嗓音总带着那么点意味……

反正，大概六个星期前，经过这么多年，她再一次听到盖茨比这个名字。你还记得吗？就是我问你认不认识西卵的盖茨比那次。你回家后，黛西走到我房里，把我叫醒，说：

“那个盖茨比是谁?”我就把他描述了一番，我还半睡半醒的，只听黛西用奇怪至极的语气说，这人一定是她以前认识的人。直到那时我才意识到，这个盖茨比就是当年在黛西白色跑车里的那位军官呀。

等乔丹·贝克从头到尾说完，我们已离开广场饭店半个钟头了，这会儿正坐着双人座的四轮敞篷马车，准备穿越中央公园。太阳落下了，隐没在西五十几街那些电影明星住的高耸的公寓后方，几个小女孩的清晰嗓音从炙热的夕照间升起，已如草地上的蟋蟀般聚集成声：

我是阿拉伯俊公子，
你的心儿属于我；
到了夜晚你入梦，
我要溜进你帐篷——

“这事也真够碰巧的。”我说。

“可是根本不是碰巧呀。”

“怎么不是?”

“盖茨比会买那栋房子，就是因为黛西住在海湾对面。”

这么说来，之前六月那个晚上，盖茨比所渴慕的便不只是天上的星星了。他在我心中顿时活了起来，从那些没来由的奢靡行径间超脱出来，仿佛从幽暗的肚腹中来到人世。

乔丹接着说：“他想问你能不能哪天下午邀黛西到你家去，然后也邀他过去坐坐。”

我很惊讶，想不到他的要求这么卑微，他等了五年，买下一栋豪宅，把大好的明月美景任由飞蛾小虫恣意享受，竟只是希望哪天下午能到陌生人家里的院子“坐坐”。

“他只想求我这么一件小事，有必要把这些事全告诉我吗？”

“他怕出差错呀，他等这事等多久了，他还怕你会不高兴呢。你看，他骨子里还真是个不折不扣的死脑筋呢。”

我又想到一个让我在意的问题。

“那他为什么不请你安排他们见面？”

乔丹解释：“他想让黛西看他的房子，你家就在隔壁啊。”

“噢！”

乔丹接着说：“我想之前他可能是希望黛西哪天晚上会

来参加他的宴会，可是黛西从没去过，后来他就开始假装不经意地问人认不认识黛西，我是第一个说认识她的人，就是他派人把我找去的那晚啊，你真该听听他那时说得多迂回，最后才切到这个话题。当然，我听了之后立刻建议他们在纽约一起吃午饭，结果他听了简直要疯掉——”

“他一直说‘我不想做那么怪的事’和‘我想在隔壁见她就好’之类的话。”

乔丹又继续说：“后来我提到你跟汤姆挺要好的，他还想打退堂鼓哩。虽然他说过自己因为想知道黛西的消息，所以已经看一份芝加哥的报纸好几年了，不过他其实不大清楚汤姆是个怎样的人。”

这时天色已经全黑，马车来到一座小桥下，我伸出一只手臂勾住乔丹金黄色的肩膀，搂她入怀，邀她和我一起吃晚饭。突然间，我脑中不再想着黛西和盖茨比的事，取而代之的是眼前这个干净、强悍而肤浅的人儿，这个处处愤世嫉俗，而此刻正喜滋滋地倒在我臂弯里的女孩。一句话在我耳中蓦然作响，让人脑袋发热又亢奋：“世上的人不是在追逐，便是被追逐，不是劳碌奔忙，便是已然倦乏。”

“而且黛西的人生里也该有些属于自己的东西。”乔丹对我低语。

“她想见盖茨比吗?”

“我们没有要让她知道，盖茨比不想让她事先知道，你就说想请她到你家喝茶就好。”

马车经过一排黝黑的树，接着驶过五十九街的成排楼房，整个街区散发着柔美的白光，直往中央公园照去。我不像盖茨比和汤姆·布坎南，并没有哪个女孩幽幽的面容闪现在我眼前黝黯的屋檐和炫目的招牌之间，所以我把身旁的这个女孩搂过来，紧紧拥她在怀抱里，她苍白轻蔑的嘴微微一笑，我便把她又拉近些，这次直拉到面前。

第五章

那天夜里我回到西卵的住处，乍看之下还担心房子是不是着火了。那时已是半夜两点钟，半岛的这一隅却光灿闪耀，光芒洒落在灌木丛上，显得很不真实，路旁电线上还映出一条条细长的光影，我来到拐弯处，才看到原来亮光的地方是盖茨比的房子，从塔楼到地窖都灯火通明。

起初我以为他又在办宴会，大概是狂欢得没了体统，索性开放整栋宅邸，让大伙儿玩起“捉迷藏”或“沙丁鱼罐头”[1]之类的游戏。然而屋子内外却一点声响也没有，耳边只听见林木间的风声，风吹动电线，灯光便明灭闪烁，宛若屋

1 “沙丁鱼罐头”（sardines-in-the-box）是一种类似捉迷藏但玩法相反的游戏，一个人躲起来，其余的人负责找他，找到的人就悄悄躲进同一处，因此随着游戏进行，该躲藏处会越来越拥挤，最后变得像沙丁鱼罐头。

宇正对着黑夜眨眼睛。我搭的出租车哼哼唧唧地开走了，这时只见盖茨比穿过他家的草坪迎面走来。

“你家看起来好像在办世界博览会。”我说。

“是吗？”他心不在焉地望向屋子，“我只是在一些房间里稍微看看。老哥，我们去康尼岛[1]好吗？开我的车去。”

“现在太晚了。”

“那要不要到游泳池泡一下？我整个夏天都还没用过。”

“我想上床休息了。”

“好吧。”

他等在那儿，压抑满腔渴切的心情望着我。

过了片晌，我说：“我跟贝克小姐谈过了，我明天会打电话给黛西，邀她过来喝个茶。”

他看起来漫不经心地说：“噢，没关系，我不想给你添麻烦。”

“你哪天方便？”

他赶忙更正我的话：“应该要说你哪天方便？我不想给

1　康尼岛（Coney Island）位于纽约布鲁克林，海滩区是知名的休闲娱乐胜地，当地的太空星际乐园（Astroland）在二十世纪初风行一时。

你添麻烦，真的。”

“那后天怎么样？”

他考虑了一会儿，接着不太情愿地说：“我想把草除一除。”

我俩同时望向草坪——我家和盖茨比家的草皮界限分明，我这头参差不齐，他那头则草色深青，修剪得宜，十分宽阔。他指的恐怕是我家的草皮。

“还有一件小事。”他语气犹豫，说完又迟疑了一会儿。

“你是想迟几天再约吗？”我问。

“噢，不是，至少——”他支支吾吾地连换了好几个发语词，“哎呀，我觉得——哎呀，哎，老哥，你赚的钱不多，对吗？”

“不太多。”

他听我这么一答似乎安心了，接下来的话便说得比较有信心。

“我也是这么想，不好意思啊，我这么——我说呀，我也兼做点小生意，算是副业吧，你知道，我在想如果你赚得不多——你在卖债券，对吧，老哥？”

“对，是很努力想卖。”

"呃，我说的事你应该会有兴趣，不用花很多时间就能赚不少钱，这刚好算是挺机密的生意。"

如今回想起来，我才明白，若当初情况不同，那次谈话或许会给我的人生带来一大危机，但当时因为他的态度殷勤得过于明显，毫无修饰，显然是想回报我替他做的事，所以我别无选择，只得立刻打断他的话。

"我现在已经忙得团团转了，很谢谢你，可是我没办法再兼做其他工作。"我说。

"这个生意跟渥夫斯罕没关系。"他显然以为我是想避开渥夫斯罕在午餐时提到要帮我"枣"（找）的关系，但我跟他保证事情绝不是他想的这样。他又等了片晌，想等我找到新话题，但我仍在思考，无暇反应，他便心不甘情不愿地回家了。

晚上的事让我感到乐陶陶、头晕目眩的，我似乎脚才踏进前门便沉沉睡去，因此不晓得盖茨比后来有没有去康尼岛，也不清楚他究竟花了几个小时把整栋房子的灯开得明亮俗艳，然后"在一些房间里稍微看看"。隔天早上，我在办公室拨电话给黛西，邀她到我家喝茶。

"你不要找汤姆来。"我提醒她。

“什么？”

“不要找汤姆来。”

“汤姆是谁呀？”她装傻嗔道。

约定的那天到了，天空大雨倾盆。十一点钟时，一个穿着雨衣的男人拖着一台割草机来敲我家前门，说是盖茨比先生请他来帮忙修草坪，我这才想起自己忘了请我的芬兰帮佣回来，于是我驱车到西卵镇上，在一条条湿漉漉、粉刷成白色的小巷里找到她，并买了些杯子、柠檬蛋糕和鲜花。

结果根本没必要买花，因为到了两点钟，盖茨比便差人送来约莫一座温室那么多的鲜花，另外还有数不清的花器。又过一小时，前门被人紧张兮兮地打开了，盖茨比匆匆走进来，他身上穿着一套白色法兰绒西装，配着银衬衫和金领带，脸色苍白，两只眼睛底下露出深深的失眠痕迹。

“一切都好吧？”他劈头便问。

“你是说草坪吗，草坪看上去挺好。”

“什么草坪？”他不明所以地问道，“噢，你说院子里的草坪啊。”他望向窗外的草坪，但依他脸上的表情来看，我想他根本没认真看。

“看起来很好。”他下了一句含糊的评语，“有报纸说大概四点的时候会停雨，好像是《日报》写的吧，那个……那个下午茶还缺什么东西吗？”

我带他到食品储藏室去，他见到芬兰女佣，神色显得有些不悦。我们一起把在熟食店买的那十二个柠檬蛋糕审视了一番。

“这样行吗？”我问。

“当然，当然！这样很好了！”他答道，接着又不大真诚地补上一句，“老哥……”

到了三点半左右，雨势缓和成湿润的水雾，只偶然有些细雨滴泅过，宛若露水。盖茨比眼神空洞地看着亨利·克莱的《经济学》，几度被那震动厨房地板的芬兰重脚步吓到，时不时又往朦胧的窗户瞥去，仿佛外头正上演着一系列看不见但十分惊险的事件似的。最后他站起身，用犹豫的语气跟我说他想回家了。

“为什么？”

“没人会来喝茶了，现在这么晚了！”他看了一下表，好像还得赶着去别的地方办某件要紧事一样，“我不能在这里等一整天。”

“别胡说了，现在才快四点而已。”

他一脸悲惨地坐下，仿佛被我逼着似的。说时迟那时快，这会儿外头便传来汽车拐进我家巷道的声音，我俩都惊吓得跳了起来，接着我便走到外头院子，自己也感到有些忧虑。

几棵光秃的紫丁香树仍滴着水，下头有一辆敞篷大车沿着车道开进来。车子停下，黛西的脸从一顶薰衣草紫的三角帽下斜斜探出来，她望着我，笑得灿烂而兴奋。

“亲爱的，你真的住这里吗？”

她的嗓音起伏如波纹，让人听了便欢欣愉悦，像雨里的一剂强效补剂，我听着那抑扬的声音好一会儿才听懂了她所说的字句。她颊上贴着一绺湿湿的头发，宛若一道撇过的蓝颜料，我抓着她的手扶她下车，那手也湿淋淋的，闪耀着晶亮的水珠。

她在我耳边低声说：“你爱上我了吗？不然为什么要叫我别带人来？”

“这就是《剥削世家》[1]的秘密了。请你的司机把车开远

1 《剥削世家》是爱尔兰作家玛利亚·埃奇沃思（Maria Edgeworth）于一八〇〇年发表的短篇小说，是第一部巧用不可靠的叙事者为叙事机制的小说，读者无法完全相信叙事者的观点，阅读时必须自行推敲其描述的真实性。此外，《剥削世家》的故事谈及两个被囚禁在城堡中的女人，与本书情节或许也可相互呼应。

一点，进来坐一个钟头吧。”

“费尔迪，你一个小时后再回来。”接着她故意用沉重的语气悄声对我说，“他的名字叫作费尔迪。”

“他是不是也闻汽油味闻到鼻子都不好了？”

黛西不明所以说：“没有吧，为什么这么说？”[1]

我俩走进屋里，这会儿我大吃一惊，因为客厅里竟空无一人。

“呃，这下有趣了。”我叫道。

“什么有趣了？”

这时黛西转过头去，因为前门传来轻轻的敲门声，敲得十分稳重。我出去开门，只见盖茨比面无人色，两手像秤砣般沉在外套口袋里，脚踩在一摊水里，一双眼睛悲惨地凝视着我。

他把手继续放在外套口袋里，大步走过我身旁，进了玄关，然后像走钢索似的急转了个弯，身影旋即遁入客厅。此情此景一点儿也不有趣，我听见自己心脏扑通直跳的声音，

---

1 尼克打趣地问这个问题，是呼应黛西先前说过她的管家擦银器擦到鼻子出了问题，但黛西却没意会过来，可见之前管家鼻子的事只是她一时胡诌，并非事实，她说完便忘了。由这两句话可一窥黛西的性格。

我把门拉上，外头的雨势又变大了。

随后的半分钟，室内寂然无声，然后只听见客厅里传来含糊低语和一声笑，接着是黛西以清脆造作的语调说：

“能见到你我真的好开心。”

接着便没人说话了，沉默长得令人心慌。我在玄关也不能做什么，于是走进客厅里。

只见盖茨比仍把手放在口袋里，背靠在壁炉台上，紧绷地装出泰然自若，甚至好像很无聊的姿态，他把头仰得很靠后，倚在壁炉台上一只坏掉的时钟上，整个人就保持着这个姿势，以忧愁的眼神从上往下盯着黛西；黛西则坐在一张硬邦邦的椅子的边上，看起来虽然吓坏了，却仍十分优雅。

盖茨比低声咕哝道：“我们见过。”眼睛则匆匆望了我一眼，嘴唇张开，想试着笑出声，但却笑不出来。幸好那个时钟被他的头压着，正好在这个时间点颤巍巍地倾斜了，他旋即转过身去，用颤抖的手指把钟接住并归位，然后便在椅子上坐下，身姿僵硬，一只手肘搁在沙发扶手上，用手撑着下巴。

“对不起啊，那个时钟。”他说。

我自己的脸现在也像热带一样火热发烫，纵使脑里有一千句老掉牙的闲话，却连一句也说不出口。

“那个钟很旧了。”我像个蠢蛋一样对他们说。

我想有那么一会儿，我们三人大概都相信钟已在地上摔得粉碎。

“我们好几年没见了。”黛西用煞有其事的语气说。

“到十一月就满五年了。”

盖茨比脱口而出的答复，使我们至少又沉默了一分钟之久。接着我情急之下，便问有没有人想到厨房帮我一起沏茶，他们两个都立刻站起身来，但就在此时，那可恨至极的芬兰帮佣竟拿着托盘把茶端出来了。

这会儿递杯盘拿糕点的混乱阵仗，让场面看起来稍微像样了点，我们三人都暗自高兴。盖茨比趁势退居一旁，让我跟黛西说话，并尽责地轮流看着我俩，眼神显得紧张又哀怨。尽管如此，一直这么平静下去也不是办法，因此我逮到个机会就胡诌了个借口，站起身想走出去。

“你要去哪里？”盖茨比立刻紧张地问。

“我等下就回来。”

“你先别走，我还要跟你说一件事。”

他发狂似的随我进了厨房，把门关上，然后低声说：

“啊，天啊！”他看起来悲惨极了。

“怎么啦？”

“这样做真是大错特错，”他一边说，一边使劲摇头，“真是大错特错。”

“你只是不好意思而已，”所幸接着我又补了这么一句，“黛西也很不好意思呀。”

“她也很不好意思吗？”他无法置信地重复我说的话。

“她和你一样不好意思。”

“你小声一点啊。”

“你现在表现得跟小孩子一样，”我不耐烦地脱口而出，“而且你很没礼貌，竟然让黛西一个人坐在外头。”

他举起一只手示意我别再说下去，并用责备的眼神看了我一眼，那样子令人无法忘怀，然后便小心翼翼地开了门，回到客厅去。

我从后门走到屋外——和盖茨比半个钟头前一模一样，那时他也从后门溜出来，紧张地绕着屋子巡回了一周。我跑到一棵盘根错节、黑沉沉的大树下，树上茂密的叶子长得像块布料，替我遮着雨。这会儿又是倾盆大雨，盖茨比的园丁把我家这片不规则的草坪割得整整齐齐，现在放眼望去处处是泥泞的小沼泽和蛮荒的湿地。站在这棵树下，除了盖茨比的豪宅大院，其余也没什么可看的，所以我就足足盯了他的屋子半个钟头，像哲学家康德盯着教堂的尖顶一样。盖茨比的房子是十年前复古风格刚兴起时，一位啤酒制造商建造的。我还听人说过，当初那位啤酒商说，只要附近的屋主愿意把自家的房子屋顶铺上茅草，他愿意替邻近人家代缴五年的税金。没想到邻居全拒绝了，使他对“建立起一个大家族”的愿景失了信心，旋即一蹶不振。后来他子女把房子卖掉时，他的吊丧黑花圈都还挂在门上。美国人哪，虽然有时挺乐意为人做牛做马，但却坚持不让人当成乡巴佬。

半小时后，阳光再次普照大地，食品杂货商的车子转进盖茨比家的车道，车上载着他仆人的许多晚餐食材——因为我肯定他自己连一口也咽不下。一位女佣开始把楼上的窗户逐一打开，她的身影在每道窗后轮流出现，最后从正中央的大广角窗探出头来，沉思般朝花园啐了一口唾沫。我该进屋了。刚刚下着雨时，我似乎听见他俩低语的声音，不时伴随着一股股情绪的上升、涨起，但现在周遭静下来，我感觉屋里也跟着沉默了。

我回到客厅前，在厨房里尽可能发出各式噪声，只差没推倒炉子，但我想他们根本没听见。只见他俩坐在沙发的两头，凝视着彼此，那模样仿佛已向彼此问了某个问题，或正要开口问，而早先的尴尬气氛早已不见半点痕迹。黛西哭得脸都糊了，我一进门，她立刻从沙发上蹦起来，站到镜子前面用手帕擦脸。但盖茨比的转变简直令人摸不着头脑，他整个人活生生地散发着光芒，不消只言片语，也无须兴高采烈地展露在言行之间，便能感觉到他身上焕发出一种全新的幸福感，满溢着这狭小的客厅。

“啊，你好啊，老哥。”他仿佛好几年没见到我似的说，我一时还觉得他接下来大概要跟我握手了。

“雨停了。”

“是吗？”他听懂了我说的话，又发现屋里满是精灵闪烁般的阳光，便露出笑容，看起来就像一位气象播报员，又像是一位狂喜的太阳神。他把这消息对黛西重复一次：“你看，雨停了。”

“真是太好了，杰伊。”她的嗓音满载一种悲痛的美感，语气里尽是喜悦，令人料想不到。

“我想请你和黛西去我家，我想带她去参观一下。”盖茨比说。

“你真的想要我一起去吗？”

“那当然啊，老哥。”

接着黛西上楼洗脸，我和盖茨比在外头草坪等她，我想起自己那些上不了台面的破烂毛巾，但也来不及了。

“我的房子看起来不错吧？”盖茨比开口问，“你看，阳光把整个门面都照得亮亮的。”

我便附和说，他的房子看起来确实耀眼夺目。

“没错。”他的目光扫过整栋房子，每个圆拱门和方阁楼都没放过，“我只花三年就赚到买这栋房子的钱。”

“我以为你的钱是继承来的。”

他想都没想便回答：“没错啊，老哥，不过后来大恐慌的时候几乎赔光了，就是大战恐慌。”

我想他应该不知道自己在说什么，因为接着我问他从事什么生意，他竟回答“不干你的事”，然后才意识到这样回答不大妥帖。

“噢，我做过不少生意，”他赶紧修正自己说的话，“我做过药品业，也做过石油业，不过现在这两个我都没做了。”他集中注意力看着我，“你是在考虑我那天晚上跟你提的事吗？”

我还没来得及回答，黛西已从屋里走了出来，她洋装上的两排黄铜扣在阳光下熠熠生辉。

她用手指了指，大声嚷道："是那边那栋大房子呀？"

"你喜欢吗？"

"我好喜欢呀，只是很难想象你一个人住在那么大的房子里。"

"我总是邀很多有意思的人来，从早到晚满屋子都是客人，他们都做很有意思的事，很有名气。"

我们没抄海滨的近路，而是走马路，从大大的边门走进去。一路上黛西用她迷人的声音，不停地低声赞叹这仿封建时代风格的屋宇映在天边的剪影，夸这儿夸那儿的，接着又夸花园美，夸黄水仙的姿态晶莹透亮、山楂和梅花香氛幽幽、红缬草则带着浅金色的气息。这次走到这大理石阶梯下，门内外却不见彩裙纷飞，树木间也杳无人声，只闻鸟鸣，我还真不适应。

我们在屋里漫步，走过一个个带着法国王后玛丽·安托瓦内特风格的演奏间，和一间间仿如英国查理二世时期设计的小客厅，我感觉仿佛有许多宾客藏匿在每张沙发椅和茶几后头，他们被勒令噤口，得等我们三人经过了才准出声似的；当盖茨比把他那间可媲美牛津墨顿学院图书馆的阅览室关上时，我发誓听见了那位猫头鹰眼老兄发出幽魂般的笑声。

接着我们上楼，走过一间间复古风格的卧室，这些房间里全披挂着玫瑰红、薰衣草紫的绸缎，还有才更换过的鲜花，生机盎然。我们也逛了一间间的更衣室、台球间，以及设有豪华浴池的浴室，甚至还闯进一个男人的房间，那男人穿着睡衣，邋里邋遢的，正在地板上做健肝体操，显然知道喝酒伤身的道理。他就是那位“住宿生”克力卜史普林格先生，那天早上我才见到他在海滨游荡，一脸饥渴的样子。最后我们来到盖茨比自己的大卧房，里头有一房一卫浴，还有一间亚当风格[1]的书房。我们就在书房坐下，喝了杯盖茨比从壁橱拿出来的荨麻酒。

从头到尾，盖茨比的目光不时望向黛西，我想他似乎依照黛西那对可爱双眸有所反应的程度，把房子里的一切都重新评价了。有时他也和黛西一样茫茫环顾自己拥有的东西，似乎这会儿她真真切切出现在他眼前，令他惊诧不已，

1 亚当风格（Adam style）是十八世纪的一种新古典主义建筑和室内设计风格。

使得这些东西都变得很不真实了，他一度还差点从楼梯上摔下去。

他的卧室是整栋房子里最朴素的一个房间，只有梳妆台上装饰着一整套雾面纯金打造的盥洗用品，黛西欣喜地拿起其中那把金梳子，顺了顺自己的头发，这时盖茨比忍不住坐下，把手遮在眼睛上面，笑出声来。

他快活地说："实在太逗了，老哥，我忍不住——我一直想——"

很显然，他已经经历了两个阶段，现在正要进入第三阶段；他最早是不好意思，接着是没来由地欢喜，这会儿则是对她的存在感到惊奇不已了。他心中怀抱着这个想法如此之久，从头到尾都梦想过一回，可以说是一直咬紧牙等着，意念之强令人无法想象，因此现在梦想成真，他反而像一只旋得过紧的钟，顿时松弛下来。

他马上便恢复正常，起身打开两个巨大的漆皮橱柜让我和黛西看，柜子里摆着他众多的西装、浴袍、领带，还有许多衬衫，成打成打地堆着，看上去像墙砖一样。

"我在英国请人专门替我买衣服，每年春秋换季的时候，他就帮我选购，然后寄来。"

接着他拿出一沓衬衫，一件一件扔在我们眼前，衬衫的材质有细亚麻布、厚丝绸、细法兰绒布，这些衣服向下坠，散开来覆盖在桌上，五彩缤纷地叠成了一堆。我和黛西一边欣赏，他一边又拿出更多衣服，柔软富丽的衣料便越堆越高，衬衫有条纹图案、旋涡图案、格纹图案，颜色有珊瑚红、苹果绿、薰衣草紫、浅粉橘，还有孔雀蓝的字母印花衬衫。突然间，黛西呜咽一声，把头埋进成堆的衬衫里，激动地哭号起来。

她的声音被厚厚的衣料闷着，哭啼着说："这些衣服真漂亮呀，让我觉得好难过，因为我以前从来没见过这么……这么美的衣服。"

屋里逛完后，我们原本要参观外头的庭园和泳池，还有水上飞机，以及盛夏的花朵，但这时窗外又下起雨了，我们便站成一排，望着波纹荡漾的海湾。

"要不是现在起雾，我们从这里就可以看到在海湾另一头的你家，"盖茨比说，"你家船坞最前头总会开一盏绿色的灯，直开到天亮。"

黛西听了，蓦地伸出一只手勾住他的手臂，但他的心思似乎还放在刚才自己说的话上，或许他是想到，那盏绿灯的重大意义从此烟消云散了。从前他和黛西之间隔着遥远的距离，相较之下，那盏绿灯离她似乎极近，几乎能碰触到她，好比星星和月亮之间那样近，而现在，那灯火又成为船坞上一盏平凡的绿灯，这世间迷惑着他的事物从此又少了一件。

我开始在半暗的房里四处走动，随意看着各种模糊不清的摆设。盖茨比书桌旁的墙上挂着一张很大的照片，吸引了我的日光，照片中是一位身穿航海服的老先生。

“这位是谁呀？”

“那位呀，老哥，那是丹·科迪先生。”

这名字我似乎在哪儿听过。

“他已经死了。很多年前，他是我最好的朋友。”

书桌上还有一张盖茨比的小照，照片中的他也穿着航海服，头发全往后梳，看起来桀骜不驯，照片很明显是他十八岁左右拍的。

“我好喜欢，”黛西惊呼，“你梳蓬巴杜头！你从来没告诉我你梳过蓬巴杜头，也没说过你有游艇。”

盖茨比赶忙说：“你看，这里有很多剪报，都是关于你的。”

他俩肩并肩看剪报，我正打算问盖茨比能不能让我看看他那些红宝石，但这时电话响了，他拿起话筒。

“是……呃，我现在不方便说话……我现在不方便，老哥……我说过要挑小镇，他总该知道小镇是什么意思……嗯，如果他觉得底特律算是小镇，那他对我们来说也没什么用处了……”

他随即挂上电话。

“快到这儿来！”黛西在窗边叫道。

外头仍下着雨，但西边的乌云已经稍微散开，海面上也出现一抹粉红金黄的绵密云彩。

黛西低声说：“你看那边。”过了一会儿，她说，“我真想拿一朵粉红色的云，把你摆在云上四处推着走。”

这会儿我真想告辞了，但他俩不肯让我走，或许我待在这里，他们反倒更有独处的满足感吧。

接着盖茨比说：“我知道要做什么了，我们叫克力卜史普林格先生弹琴来听吧。”

他走出房门喊道：“尤因！”几分钟后他回到房里，身旁跟着一位神情尴尬、带着几丝倦意的年轻人，他脸上戴着一副玳瑁眼镜，一头金发稀稀疏疏。他这会儿已换上像样的衣服，穿着宽领运动衫、球鞋和帆布裤，裤子是一种说不上的颜色。

“我们打扰你运动了吗?”黛西很有礼貌地开口问。

“我刚刚在睡觉,”克力卜史普林格先生一阵难为情,嚷道,“我是说,我本来在睡觉,后来就起来——”

盖茨比没等他说完便插话:“克力卜史普林格先生很会弹琴,对不对呀,尤因?”

“我弹得不好,我不太——我根本不太弹琴,我已经很久没练——”

盖茨比打断他的话,说道:“我们到楼下去吧。”他扳了个开关,屋里大放光明,灰黑的窗登时隐没在光线之中。

进了演奏间,盖茨比捻亮钢琴旁的一盏孤灯,接着点起火柴划出颤抖的火光替黛西点烟,然后便和她同坐在房间另一头的沙发上,那里一点光也没有,只有荧荧闪烁的地板反射了一点外头走廊的灯光。

克力卜史普林格演奏完《幽会爱巢》后,便在椅凳上转头四处张望,在晦暗的室内郁郁寡欢地寻找盖茨比的身影。

“看吧,我太久没练习了,就说了我不能弹,我真的太久没练——”

盖茨比命令道:“老哥,不要这么多话,弹吧!”

每天早上，

每天晚上，

我们都尽欢——

窗外的风呼呼吹着，岸边传来一连串隐约的雷声。此刻，西卵家家户户的灯火逐一亮起，电车在雨中载着乘客从纽约市奔驰返家，这是一个人事风云变幻的时刻，一股欢腾兴奋的气息正翩然播送。

有件事最确定：

有钱人生财，没钱人生小孩。

这个时候，

每个时候——

我走过去向他们道别时，只见盖茨比脸上又出现了那种困惑迷惘的神情，他仿佛在怀疑这当下的幸福只是幻影。快五年了！即便是在这个下午，他有时一定也觉得黛西并不如他梦想得那般完美——并不是黛西本身哪里不好，而是他的幻想有着过于庞然的生命力，早已凌驾黛西，凌驾万事万物之上。他秉持着一种创造的热情，全心全力投入这个幻想，同时不停将之拓展，把沿途飘拂的每一片彩羽都拿来装饰这个幻梦。一个人所梦想的对象，真人无论如何热情似火，无论如何明艳动人，都比不上他心中萦绕的那个幽影幻象。

我凝视着盖茨比时，看得出他自己稍微调适了心情，他伸出一只手握住黛西的手，黛西附在他耳边低声说了几句话，他随即转过头望着她，带着一股澎湃的情绪。我想最勾着他心魂的该是她说话的嗓音了，如此抑扬婉转，带着烧灼的热忱，那嗓音永远比他梦想的更完美无瑕——她的声音是一首永恒的歌。

他俩已完全忘记我了，但我走上前道别时，黛西抬头看了我一眼，并伸手与我握别；而盖茨比则仿佛已完全不认识我。我再度望向他们，他们也抬头用缥缈的眼神看着我，被一股强烈的生命力攫着，不能自已。接着我便走出演奏间，走下大理石台阶，步入雨中，让他俩留在那儿。

第六章

大约就在这段期间，有天早上，纽约市一位雄心勃勃的年轻记者登门造访，问盖茨比想不想在报上发表什么意见。

“发表什么意见呢？”盖茨比有礼貌地问。

“哎呀——想声明什么都可以呀。”

后来搅和了五分钟才弄清楚，原来那记者在办公室听人提到盖茨比的名字，至于别人讲的究竟是什么事，他或许是不肯吐露，或许是自己也弄不清，总之他这天休假，便主动奔来“了解了解”，真是精神可嘉。

其实这记者不过是乱枪打鸟，但他的直觉倒没错。这个夏季，盖茨比大宅里数百位宾客接受他殷勤款待的同时，也摇身成为他过往身世的专家，到处给他造谣，现在他的恶名之臭，只差没上报了。诸如“直通加拿大的输酒管线”这类都市传奇都跟他沾上了边，还有一个历久不衰的谣言，说盖茨比根本不住在房子里，而是住在一艘像房子一样大的船上，常沿着长岛沿岸秘密活动。这些虚构之事为何让出身北达科他州的詹姆斯·盖茨如此志得意满，那就不得而知了。

詹姆斯·盖茨——这才是他真正的名字，或者应该说，至少这是他法律上的名字，他十七岁时改了名，是他开启今生事业的那个时刻改的，那是他初次见到丹·科迪的时候，科迪的游艇在苏必利尔湖最险恶的浅滩下锚停泊。那天下午，身穿破烂绿色球衣、帆布便裤，在海滨游荡的人还叫詹姆斯·盖茨，但后来借了划艇划向那艘“图奥勒米”[1]号警告科迪的人，便已经是杰伊·盖茨比了。他特地去告诉科迪，再过半小时，那里很可能会刮起大风，到时候连人带船都会被摔个粉碎。

我猜即便在那个时候，他这个名字应该也已经想好了很久。他的父母务农，浑浑噩噩，事业无成——在他的想象世

1 图奥勒米为美国加利福尼亚州的一个县。

界中，他从未真正接受他们是自己父母这件事。事实上，这个长岛西卵镇的杰伊·盖茨比，是从他对自己的柏拉图式概念里蹦出来的人物。他是上帝之子——如果说这句话有意义，指的应该是这个意思，而且他必行天父之职，在这世上成就一种浩渺、庸俗、金玉其外的美，因此他创造的杰伊·盖茨比，正是一个十七岁少年所能幻想出来的角色，而他也恪尽职守，到最后一刻都扮演着这个形象。

在遇到科迪之前的一年多，他一直沿着苏必利尔湖的南岸混日子，捡牡蛎、抓鲑鱼，或做其他能让自己温饱的零工，在那段凉爽宜人的时日里，工作时而艰辛，时而闲散，他把身体练得黝黑结实，过着简单自然的生活。他年纪很轻就有过女人，而且因为女人把他给宠坏了，所以他对女人十分鄙视，未经人事的清纯少女他瞧不起，因为她们太无知；其他女人他也同样看不起，因为他极其专注自身，许多女人会感到歇斯底里的事情，他根本觉得理所当然。

但他的心却永远处于动荡骚乱之中。每天夜里，他躺在床上，总会有最最怪诞而美妙的幻想在他的心里盘桓，洗脸架上的时钟嘀嗒向前，月亮投下潮湿的光芒，浸透他扔在地上卷成团的衣裤，一个不可言说的花花世界在他脑海中不停延伸。他每晚都为这些奇想再添上几笔，直至睡意不知不觉地拥抱他，遮住他脑中历历如绘的画面。有好一段时间，这些遐思幻想成为他想象力宣泄的出口，这些幻梦抚慰他，暗示他眼前的现实其实并非真实，这些梦也应许他，一个世界确实能奠基在精灵轻薄的羽翼上。

在几个月以前，他秉持着自己未来将飞黄腾达的直觉，去了圣奥拉夫学院，那是一所路德教会办的小型学校，在明尼苏达州南部。他在那里只待了两个星期，因为他惊愕地发现，学校里的人对于他命运的磅礴鼓声，甚至对于命运本身，都抱持着一种凶残的冷漠，此外他也十分鄙视那份为了缴学费而不得不做的勤工俭学工作。随后他又晃回苏必利尔湖，这天，他仍在寻寻觅觅找事做时，丹·科迪的游艇便在湖滨浅滩下锚停泊了。

科迪那年五十岁，内华达银矿、育空金矿和一八七五年后的每一次淘矿热潮孕育出了他这样的人物，他因买卖蒙大拿的铜矿发了财，身家比好几个百万富翁加起来都要多，但此后便暴露出弱点，他外表强壮但其实耳根子软，容易听信别人的话，数不清的女人看清了这点，全都试图要让他和他的钱分家。在报业工作的埃拉·凯抓住他的弱点，扮演现代版的曼特农夫人[1]，让他尝到难以下咽的苦果，又怂恿他乘游艇出海去，这件事在一九〇二年上遍各家报纸，就算是在艰深枯燥的小报上也能读到这则常识。在遇到盖茨比之前，他已沿着海岸航行了五年，沿途遇到的人无不对他大献殷勤，这会儿他现身在“小姑娘”岬角，成了詹姆斯·盖茨命运的主宰。

年轻的盖茨靠在两条桨上，抬头望着那围栏环绕的船甲板，在他眼里，那艘游艇代表了世上所有美丽光彩的事物，我想他当时或许朝着科迪露出了灿烂的笑容吧，那时他大概已经发现自己笑起来十分得人喜爱。总之，科迪问了他几个问题（他全新的名字便是这时被问出来的），发现这小子很机灵，且胸怀大志，前途无可限量。几天后，科迪带他到德卢斯去，替他买了一件蓝外套、六条白色帆布裤和一顶水手帽，“图奥勒米”号起锚前往西印度群岛和柏柏里海岸[2]时，船上便多了一个盖茨比。

1　曼特农夫人（Madame de Maintenon）是法国国王路易十四的第二任妻子，据闻对其夫十分有影响力。

2　柏柏里海岸（Barbary Coast）指北非地中海沿岸，“柏柏里”是十六至十九世纪时欧洲人对北非摩洛哥、阿尔及利亚、突尼斯和利比亚的称呼。

盖茨比是科迪以私人名义雇用的，工作内容十分笼统，他跟随科迪的期间，既是他的管家，也是他的伙伴、船长、秘书，甚至成了他的侍卫，因为神智清明的丹·科迪晓得，酩酊大醉的丹·科迪可能很快就会干出哪些挥霍蠢事，为了因应，他越来越信任盖茨比。这样的安排维持了五年，在这段时间他们的船一共环绕美洲大陆三次，这样的关系原本或许会无限期持续下去，没想到有一天晚上埃拉·凯在波士顿登上了船，一星期后，丹·科迪这个主人便很失职地断了气。

到现在我仍记得盖茨比卧室墙上那幅丹·科迪的肖像，他是个头发灰白、红光满面的男人，表情严峻而空洞——他可说是浪荡子的开山祖，在美国人生活的某个发展阶段里，把西部的妓院、酒吧那些蛮荒的粗野风气带回了东岸，盖茨比几乎不喝酒，这也是间接受到科迪的影响。在盖茨比举办的那些狂欢盛宴上，有的女客还会把香槟抹在他头上，但他却养成了滴酒不沾的习惯。

盖茨比的钱便是从科迪那儿继承来的，他给他的遗产共有两万五千美元，但后来盖茨比一毛也没拿到，他始终没弄懂对方究竟用了什么法律手段来对付他，不过总之科迪数百万财产剩下的钱最后全归了埃拉·凯，而盖茨比所得到的是奇特的适性教育，原本轮廓模糊的杰伊·盖茨比，自此成了一个有血有肉的完整人物。

这些都是他过了挺久一阵子才告诉我的，但我先在这儿记下，为的是破除那些关于他出身的胡乱造谣，那些谣传全是一派胡言。此外，他告诉我这些事情的时间点，正是一切事情闹得天翻地覆的时候，那时我对于他的事已到了什么都相信又什么都不相信的程度，因此这会儿盖茨比算是暂时喘口气，我也利用这个短暂空当将一切误解澄清。

这段时期也算是一个空当，我暂时把盖茨比的事搁到了一旁，我好几个星期没见到他的人，甚至没在电话里听到他的声音，我大部分时间都和乔丹在纽约市四处逛，以及竭力迎合她那老糊涂的姨妈。但在某个星期天下午，我终于又到盖茨比家去了，我才进门不到两分钟，就有人带汤姆·布坎南上门来，说是要小坐喝两杯，不消说，我当然吓傻了，但他竟然现在才找上门，其实这才更令人惊讶吧。

登门的人共有三位，都骑着马来，分别是汤姆、一个名叫斯隆的男人，以及一个穿着棕色骑装的漂亮女人，她先前就来过盖茨比家。

“看到你们很高兴，”盖茨比站在门廊上说，“很高兴你们可以来坐坐。”

说得好像他们会在乎主人高不高兴呢！

“快来坐下，抽根烟或者雪茄吧。”盖茨比迅速走到客厅另一头，摇铃差人来，“我叫人送喝的上来，很快。”

汤姆本人亲自来到家里，盖茨比显然大受影响，但不管怎样，他非得招呼他们吃喝点什么才安心，这样他才能感觉他们只是想上门喝一杯吧。然而斯隆先生什么也不要，问他要喝柠檬水吗？不用，谢谢。那来点香槟吗？他也说不用，谢谢……不好意思——

“你们今天骑马还好吗？”

“这附近的路铺得很好。”

“我想汽车——”

“嗯。”

盖茨比一时冲动，转过去面对着汤姆。刚才汤姆让人介绍他给盖茨比认识时，看上去是彼此初次见面的样子。

“布坎南先生，我们好像在哪儿见过。”

汤姆礼貌又粗声粗气地说：“啊，对呀，没错，我记得。”但他显然根本没想起来。

“大概是两个星期之前。”

“对，那时候你跟尼克在一块儿。”

“我认识你太太。”盖茨比又说，此时他几乎带点挑衅意味了。

“是吗?”

汤姆转向我。

“尼克，你就住这附近吗?”

“就住隔壁。”

“是吗?”

斯隆先生并没有加入谈话，而是姿态高傲地靠在椅背上，那女客也没说话，后来她两杯冰威士忌加苏打下肚，才意外地热情起来。

她提议道：“盖茨比先生，下次我们大家一起来参加你的宴会吧，你说怎样?”

“当然好，你们来我很高兴的。”

“太好了。”斯隆先生回答，但他的语气丝毫没有感激的意味，“好吧，我看我们也该回家了。”

盖茨比劝他们：“再坐一会儿吧。”他现在沉得住气了，便想多观察一下汤姆。“不如——不如你们留下来吃晚餐吧？等会儿说不定还会有其他客人从纽约来。”

“我看你们来我家吃饭吧，你们俩都来。”那女士热切地说。

这会儿我也受邀了。斯隆先生站起身来。

“走吧。”但他这句话只对那位女士说。

“我说真的，”女士继续力邀，“我真的希望你们来，位子多得很。”

盖茨比用眼神征询我的意见，他想去，而且看不出斯隆先生不希望他去。

“我恐怕没办法去。”我说。

“那你来吧。”她把火力集中在盖茨比身上。

斯隆先生在她耳边悄声说了几句话。

她用大家都能听到的音量回嘴说：“现在出发根本不晚啊。”

盖茨比说：“我没有马，我在军中的时候骑过马，但还没自己买过马，我就开车在后面跟着你们吧，请稍等我一下。”

其他人走到外面门廊上，斯隆和那女士在旁边展开一番激昂的辩论。

汤姆开口："老天，我看那家伙真的要来，难道他看不出来，她其实没想要他来吗？"

"她说她希望他去啊。"

"她要办大型晚宴，她的客人他根本半个都不认识。"汤姆皱起眉头，"真不知道他跟黛西是在哪个鬼地方认识的，老天，我观念可能有点老土，但我真的觉得现在的女人到处抛头露面，真让人受不了，她们净认识些劳什子的角色。"

斯隆和那位女士突然走下台阶，坐上马背。

斯隆先生对汤姆说："走吧，我们要来不及了，不走不行。"接着他又对我说，"你跟他说，我们赶时间得走了，好吧？"

我和汤姆握握手，和斯隆先生及那位女士则彼此淡淡点头致意，他们便迅速骑着马步出车道，身影旋即消失在八月茂密的枝叶间，这时盖茨比正好拎着帽子和薄大衣，从前门走了出来。

黛西自个儿四处跑，汤姆显然真的担心起来，因为那个星期六晚上他便陪着黛西来参加盖茨比的宴会，或许因为他在场，这个夜晚有一种迫人的氛围，总之盖茨比这整个夏天的宴会里，就属这次给我的印象最鲜明。尽管宾客都是同一批人，或总之是差不多的同一类人，香槟酒也一样多，各种颜色和声音也同样缤纷混乱，但我却感觉空气中带着一种令人不快的气息，那股尖锐不适的感觉无所不在。之前从没这样过，或许之前我只是习惯了吧，先前我逐渐接受了西卵是个自成一格的世界，有自己的标准和自己的大人物，这地方之所以首屈一指，正是因为它自己对于这点根本浑然不觉。但此时我却透过黛西的眼睛重新审视西卵，对于自己曾经花费精力适应的事物，一旦要以全新的目光检视，自然会难过。

汤姆和黛西在黄昏时分抵达，我们一起走进数百位光鲜亮丽的宾客之间，这会儿黛西说话时又使出了那低声呢喃的把戏。

“这些东西真让我兴奋哪，”她低语说，“尼克，如果你今天晚上想亲我，只要随时跟我说一声，我就会替你安排，如果你想的时候，说我的名字，我就知道了，或者拿一张绿色卡片给我也行，我要给你很多张绿色的卡——”

这时盖茨比提议：“你往四周看看。”

“我在看呀，这一切真是美妙——”

“看看那些你听过的名人都长什么样子。”

汤姆以傲慢的眼神缓缓将众宾客打量了一遍。

他说：“我们不太四处走动，老实说，这里的人我半个也不认识。”

“那位女士你或许晓得。”盖茨比指着一位貌美得几乎不像凡人的女子，她生得像兰花般娇艳，正端坐在一株白梅树下供人瞻仰。汤姆和黛西两人直盯盯地望着她，像这样的电影明星在此刻之前都像是另一个世界的人，突然认出她来总会感觉特别不真实。

“她很美。”黛西说。

“弯腰跟她说话的那个人就是她的导演。”

盖茨比非常正式地带他们走到每一群人面前。

“这位是布坎南太太……这位是布坎南先生——”他迟疑了一会儿，旋即补上一句，“他是打马球的高手。”

“喔，才不是，”汤姆立刻反驳，“我算不上。”

但盖茨比显然被这说法逗乐了，因为他接下来整晚都向人介绍汤姆是“打马球的高手”。

“我从没见过这么多名人！”黛西惊呼，“那人我挺喜欢的，他叫什么名字？鼻子发青的那位。”

盖茨比认出她指的是谁，便跟她说那人是一个小牌制片人。

“呃，我还是挺喜欢他这个人的。”

“但我还是希望你不要说我是马球高手，”汤姆表情愉悦地说，“我宁可默默待着，看这些名人就够了。”

黛西和盖茨比跳了舞，至今我犹记得当时内心的惊讶，因为他跳起老式的狐步真是风度翩翩，在那之前我从没看过他跳舞。他们跳完舞后，便闲晃到我家那儿，在门前台阶上坐了半小时，我则受黛西之托，在花园里戒备着。她那时的解释是：“以防发生火灾或水灾，或是任何一种天灾。”

我们三人正准备坐下来一起吃晚餐时，汤姆“默默”闲逛回来了，他说：“我跟其他人吃饭行吗？有个人正在说很好笑的事。”

“行呀，”黛西和颜悦色地说，“如果你要抄谁的地址，就拿我的金色小铅笔去用。”……过了一会儿，她四下张望一番，跟我说那个女人看起来“粗俗但挺漂亮”，我便明白她除了和盖茨比独处的那半小时，其余时间并不开心。

我们这桌的人醉得特别厉害。都是我的错——盖茨比被叫去听电话了，同桌的人我两周前认识时还觉得挺有意思，但当时觉得很有趣味的，这会儿却都走味了。

“贝德克尔小姐，你还好吗？”

我问话的这个女孩原本想趁势倒在我肩膀上，我这么一问，她只好坐直起来，睁开眼说：

“什么？”

一个大块头、无精打采的女人原本正在说服黛西明天一起到地方上的俱乐部打高尔夫球，这时转头替贝德克尔小姐说话：

“噢，她没事，她每次喝个五六杯鸡尾酒就会开始像那样大叫，我老跟她说她不该喝。”

“我真的没喝呀。”这位被指控的女孩虚伪地应道。

“我们听到你在大吼的声音，所以我就跟这位西韦医生说：‘医生啊，那边有人需要你帮忙。’”

“还真是多亏你了，”另一位朋友的语气丝毫不带谢意，“不过你刚刚把她的头浸到池子里的时候，把她身上的洋装全弄湿了。”

“我就恨人家把我的头浸到池子里，我上次在新泽西差点被淹死。”贝德克尔小姐咕哝道。

“那你就不应该碰酒啊。”西韦医生出口反驳。

“你自己才该解释一下吧！”贝德克尔小姐厉声说，“你的手都在抖了，我才不敢让你替我动手术呢！”

情形大致就像这样。我能记得的最后一件事，大概就是跟黛西站在一起，看着那电影导演和他的大明星，他俩仍然待在白梅树下，两张脸几乎完全贴着，中间只隔着一丝莹白薄透的月光。我想到这导演为了能靠得这么近，整晚一直以极缓慢的速度慢慢朝她凑过去，这会儿我眼睁睁看着他弯下最后一个角度，终于亲到了她的脸颊。

黛西说：“我喜欢她，我觉得她好迷人。”

但这晚其余的人和事都令她不舒服，而且这是不容置疑的，因为那不是她做作出来的姿态，而是真实流露的情绪。西卵，这样一个百老汇拿长岛渔村改造而来、前所未有的“地方”，使黛西感到惊骇万分。她惊骇的是西卵有一种原始粗俗的活力，受不了老派的委婉话；她惊骇的是这里的人际遇太过招摇，全不是什么正经人物，人生却抄着近路疾走。西卵的一切太过简单直接，她无从理解，便心生恐惧。

我陪他们夫妇俩坐在正门台阶上等他们的车子来，面前一片黝黑，只有灯火通明的门口朝着轻柔黯淡的清晨射出十英尺见方的光线，楼上偶尔能见到人在更衣室百叶窗后走动的身影，接着又是另一个人影，无止境的一个个暗影走动着，在一块看不见的镜子里涂脂抹粉。

汤姆突然咄咄问道："这盖茨比到底是谁？是大私酒贩吗？"

"你听谁说的？"我问。

"没人说，是我猜的。我说啊，这些暴发户很多都是卖私酒才发财的。"

"盖茨比不是。"我没好气地说。

汤姆沉默了片晌。车道上的鹅卵石在他脚底吱嘎作响。

"我说啊，他一定费了不少劲儿才请来这班马戏团。"

一阵微风吹动了黛西那灰雾般的皮草衣领。

她勉强说："至少这些人比我们认识的人有意思。"

"你刚刚看起来明明觉得没什么意思。"

"才不会。"

汤姆笑出声，然后又转向我。

"刚刚那个女孩叫黛西帮她冲冷水澡的时候，黛西脸上的表情你见着没有？"

这时黛西开始跟着旋律轻声唱起歌来，嗓音沙哑而富有节奏，在她的歌声中，歌曲的每个字都被赋予了从前没有、未来也不会再有的意涵；乐音上扬时，她的声音便破开来，但仍甜美地跟随着旋律，如同女低音的嗓音，每一次转折，就点滴将她温暖的凡人魔法倾泻在空气中。

接着她突然又说：“很多来的人根本不是接受邀请来的，那女孩就是自己来的，他们硬闯进来，盖茨比是客气，不好意思拒绝。”

汤姆仍坚持说：“我想知道他究竟是什么人，是做什么的，我保证要查个清楚。”

黛西答：“我现在就可以告诉你，他以前开药房，很多家，都是他一手亲自开的。”

那辆慢吞吞的礼车这会儿开进了车道。

黛西说：“尼克，晚安。”

她的视线匆匆一瞥便从我身上移开，转而寻到映着光的台阶上方，那里《凌晨三点》的旋律正对着户外飘送，那年发表的这首华尔兹曲子好极了，短短的曲调，悲伤的旋律。无论如何，盖茨比的宴会尽管有许多不像样的人和事，却可能也有许多她的世界里完全匮乏的浪漫机缘，上头的乐曲中，是什么在召唤着她回去？在这晦暗而不可测的时辰里，可能会发生什么事呢？或许会有一位超乎想象的娇客翩然来到，一位令人惊艳的绝世佳人，一位真正焕发青春光彩的女孩，只要她对盖茨比投以新鲜的一瞥，只消一个魔幻的邂逅，或许就能抹灭他过去五年来坚定不移的痴心。

那晚我待到很晚，因为盖茨比请我等到他能够抽身再离开，我便在花园徘徊，直等到每次总少不了的游泳客人游得浑身发冷，兴高采烈地从黝黑的海边奔回，直等到上头客房的灯火都熄了为止，盖茨比终于走下台阶，他晒得浅棕的脸庞这会儿显得异常紧绷，眼神炯然而透露着疲惫。

“她不喜欢。”他劈头便说。

“她当然喜欢。”

“她不喜欢，”他仍坚持，“她不开心。”

说完他便沉默了，我则忖度着他心中难言的忧郁。

“我感觉离她好远，”他说，“想让她理解好难。”

“你说的是这个宴会吗?”

“这个宴会?”他手指头一弹，摒弃自己办过的所有宴会，“老哥，宴会根本不重要。”

他想要的是黛西走到汤姆面前对汤姆说：“我从来没爱过你。”待她用这句话把过去的四年一笔勾销，他俩便可以决定接下来的现实打算，包含等她恢复自由之身后，他们要回到路易斯维尔，她从娘家风光出嫁，就像时间回到五年前一般。

“而且她没办法理解，”他说，“她以前都能理解的，以前我们可以一起坐上几个钟头——”

他话说到一半便打住，开始在一条荒凉的小径上来回地走；小径上满是果皮、客人乱扔的宴会小礼物和压扁的鲜花。

我斗胆直言：“换作是我，我不会对她要求太高，过去的事没办法全部重来啊。”

“过去的事没办法重来？”他难以置信地惊呼，“怎么没办法！”

他激动地往四周看去，仿佛那段过去就潜伏在他房子的暗影中，他只要用手努力再伸出去一些便能抓住。

“我会把一切都恢复成从前的样子。”他带着决心点了点头，“我会让她看到。”

他说了很多过去的事，我推断他是想找回些什么，或许是对他自己的认知，是一些因为爱上黛西而消逝的自我。自从爱上她之后，他的人生便混沌失序，但他觉得只要能重回某个起点，将一切重新慢慢来过，他便能找出自己究竟失落了什么……

……五年前一个秋日夜晚，他俩漫步街头，落叶纷飞，后来走到了一处没有树的地方，人行道在月光下映成一片莹白，他们停下脚步，转身面对彼此。那是个沁凉的夜，带着一年两次季节更迭时特有的神秘悸动，家家户户沉静的灯火朝着暗夜嗡嗡低鸣，天上群星扰攘骚动，盖茨比从眼角余光望过去，人行道上的砖块确实叠成了梯子的模样，仿佛通往树上空的一块秘密之地——如果他一个人爬，他是能爬得上去的，到了上头，他就能吸吮生命的乳头，大口喝下那无与伦比的奇迹乳汁。

黛西白皙的脸蛋凑了上来，他的心跳益发加快。他晓得如果亲吻了眼前的女孩会如何，他的前程远景是一言难尽，而她的生命气息终将熄灭，一旦两者结成了连理，他的思绪将永不再像上帝的思绪一般自由地喧闹嬉戏。因此他停下片晌，最后一次聆听那生命的调音叉敲击星星的声响，然后他便吻了她，他的唇一覆上去，她便为他全然绽放，如一朵花，他便这么化成了肉身，遁入尘世。

他这番话虽然骇人地伤感，却使我想起了某件事，一段记不得的旋律，或者是一小段失落的话语，总之是我很久以前在某处听过的。有那么个片刻，一个词几乎在我口中成形了，我像哑了的人那样张开双唇，仿佛唇齿极费劲地挣扎，而不是只有一缕怔然的气息，但最后我仍什么声音也没发出，那几乎要想起的事，自此便永远不能言传了。

第七章

正当众人对盖茨比的好奇心达到最高点时，他家通明的灯火却自某个周六晚上完全熄灭了，他在其中扮演特里马其欧这个富翁角色的《爱情神话》[1]，终于宣告落幕，和揭幕时同样令人费解。我是见到不少人满怀期待地把车开进他家车道，等了一会儿又悻悻然开走，这才渐渐注意到的。我心想他是不是病了，便过去他家看看，但出来应门的却是一位素未谋面的管家，他满脸凶相，狐疑地从门里眯眼看着我。

“盖茨比先生生病了吗？”

“没有啊。”他又迟疑几秒，才拖拖拉拉地勉强补了一

---

1 《爱情神话》(*Satyricon*) 是一部古罗马小说，作者为彼得罗纽斯 (Petronius)。故事中的角色特里马其欧 (Trimalchio) 从奴隶之身重获自由，借着自己的毅力和奋斗获得权力与财富。

句，“先生。”

“我最近都没见到他，挺担心的。请跟他说卡拉韦先生来过。”

“什么先生？”他无礼地问。

“卡拉韦。”

“卡拉韦，好吧，我会跟他说。”他旋即把门砰地甩上。

后来我那位芬兰帮佣说，盖茨比一周前把他屋里所有仆人都遣散了，换上六七个新人，这些人从不进西卵市区大肆采购，也让各家商人没有贿赂的机会，只打电话采买，买的东西也不多；食品杂货店的送货小弟则说，盖茨比家的厨房看起来脏得像猪圈，西卵人则普遍认为那批新来的人根本不是一般的仆役。

翌日，盖茨比打了通电话来。

“你要离开了吗？”我问他。

“不是的，老哥。”

“听说你把所有用人都解雇了。”

“我需要不会讲闲话的人，黛西现在挺常来的，都是下午来。”

所以只因为黛西的眼神流露出几丝不悦，这间大客栈便像纸牌搭的屋子般整个垮了。

“这些人是渥夫斯罕想关照的人，他们是一家子的兄弟姐妹，以前经营一家小旅馆。”

“原来如此。”

这通电话是黛西请他打给我的，问我明天要不要去她家吃午饭，说是贝克小姐也会去。半小时后黛西又亲自打了通电话，她知道我要去之后，似乎松了一口气。有事情要发生了，但我不敢相信他们会挑这个场合上演这出戏，而且还是盖茨比之前在花园里勾勒的那出恐怖戏码。

隔天炎阳炙人，那是夏季的最后几天了，而且肯定是最热的一天。我搭的火车从隧道探出头来，驶进阳光里，只有国家饼干公司工厂的火热汽笛声划破正午时分几近沸腾的宁静。火车车厢里的草席座椅温度高得几乎要烧起来，我旁边坐了一个女人，她原本只是在白衬衫下秀气地冒着汗，后来她手指头上的汗把报纸也淌湿了，她终于发出凄凉的哀叹，绝望地陷入酷暑中，她的手提包啪的一声掉到地上。

“噢，老天！”她倒抽一口气。

我疲累地弯下腰，把手提包捡起来还给她，手伸得老长，而且只抓住皮包的最边缘，以表明自己别无居心，但附近的每个乘客，包含那女人，显然还是一样怀疑我。

“很热！”列车长不停地对几张熟面孔说，“这天气真让人受不了！真热！……真热！……真热！……你觉得很热吗？……热吗？天气……？”

我从他手上拿回计次票时，上面已晕开一个黑印子。这样的热天里，谁还在意自己吻的是哪一张红唇，谁还在意是谁的一头湿发沾湿了胸口的睡衣口袋！

……我和盖茨比站在布坎南家的门前等着，玄关吹起一阵微弱的风，电话铃声传到我俩耳畔。

“老爷的尸体！”管家仿佛正对着话筒大吼，“不好意思，夫人，我们还没办法交给你，中午太热了，实在没办法碰啊！”

事实上管家说的只是：“是……是……我会注意。”

他把话筒挂上，整个人汗光淋漓地走向我们，接过我俩的硬草帽。

“夫人在小客厅等你们！”他大声说道，还很多余地指了一下方向，在这种高温下，所有额外的动作对于人的精力都是一种冒犯。

小客厅外头的遮篷把太阳全挡住了，室内十分阴凉，风扇吟唱着送出微风，黛西和乔丹躺在一张巨大的沙发上，像两尊银雕像，压着自己身上的白衣裳。

“我们动不了了。”她们异口同声地说道。

乔丹伸出手和我握了几秒，她晒黑的手上抹了一层白色粉底。

“运动健将托马斯·布坎南先生在哪呢？”我问道。

说时迟那时快，我马上听见他粗哑浑厚的声音从玄关电话那里传了过来。

盖茨比站在暗红地毯的正中央，朝四方张望，露出入迷的眼神。黛西观察着他，笑出声来，她的笑声甜美，使人心荡神驰，她胸口扑的粉微微扬起，散了一点儿在空气里。

“听说啊，”乔丹悄声说，“汤姆是在跟他的女人打电话。”

众人静默不语，玄关的说话声不耐烦地飙高：“很好，那我车子干脆不卖你了……我又不是欠你什么……还有你在午餐时间拿这事来烦我，我完全无法接受！”

“话筒是掩着的吧。”黛西酸溜溜地说。

“不是，他没有，”我向她保证，“确实有这笔交易，我正好知道。”

汤姆霍地把门打开，壮硕的身躯一时之间挡住了整个门口，接着他快步走进房里。

“盖茨比先生！”他心里的嫌恶藏得还算好，他伸出一只大而扁平的手，“您好，很高兴看到您……嗨，尼克……”

“给我们弄点凉的来喝。”黛西喊道。

待汤姆走出小客厅，黛西便站起身走向盖茨比，勾着他的脖子，在他嘴上亲了一下。

“你知道我爱你的。”她低声说。

“你忘了这里还有一位淑女在。”乔丹说。

黛西狐疑地往四下张望。

“你也亲尼克呀。”

“这女孩家真没教养！”

“我管不了那么多！”黛西嚷道，还在砖砌的壁炉底座上喀啦喀啦地跳了几步，接着她又想起天气正热，这才带着罪恶感坐到沙发上。就在此时，一位衣着整洁的保姆带着一个小女孩走进房里。

“心——肝宝贝，”她伸出双臂，唱歌似的轻唤，“来最爱你的妈妈这里。”

保姆放开小女孩，她便冲过来，害羞地偎着妈妈的衣裙。

“我的心肝宝贝！妈妈是不是把粉沾到你的黄头发上啦？站起来，说‘你好吗’。”

我和盖茨比轮流弯下身子握握她的小手，可以感觉到她其实不大情愿。握完手之后，盖茨比一脸惊讶地望着小女孩，我想他从来不相信黛西真的有个孩子。

“我午餐前就换好衣服了。”小女孩转向黛西，殷殷地说。

“因为妈妈想让客人看你呀。”黛西把脸凑过去，贴着女儿小小白颈子上的那道纹路，“宝贝呀，你是妈妈的小心肝宝贝。”

“对。”小女孩沉稳附和，“乔丹阿姨也换了白色的洋装。”

“妈妈的朋友你喜不喜欢呀？”黛西把女儿转过身去，让她面对盖茨比，“觉得他们好不好看呀？”

“爸爸在哪里？”

黛西解释：“她长得不像她爸爸，像我，头发跟脸型都像我。”

黛西坐回沙发上，保姆便往前一步，并伸出一只手。

“来，帕梅。”

“宝贝再见！”

这有教养的女娃尽管不舍地往后一瞥，却还是握住保姆的手，乖乖让大人拉出房门了。汤姆这时正好回来，四杯金利奇酒在他背后跟着进来，加了满满的冰块，在杯里咔哒咔哒地响着。

盖茨比拿起一杯。

他说：“酒看起来真的很冰。”他说话时明显有些紧张。

众人都大口大口贪婪地喝个不停。

汤姆亲切愉悦地说道：“我不知道在哪里读到，说现在太阳一年比一年热了，好像快把地球给吞进去了——等一下，说反了，太阳现在是一年比一年冷才对。”

接着他向盖茨比提议：“到外面吧，我想带你看看我家。”

我和他们一起走到外头的阳台走廊上。碧绿的长岛海峡在高温中凝滞不动，海面上有艘小帆船正往较清凉的大海缓缓驶去，盖茨比的目光稍微跟随着那只小帆船一会儿，接着便举起一只手，指向海湾另一头。

“我就正对着你们。”

“是啊。”

我们的视线越过玫瑰花圃、炙热草坪，以及海边在八月底酷热日子里丛生的杂草，那船帆如纯白的羽翼，在蔚蓝凉爽的天边缓缓移动，眼前躺着一片扇形的海，以及上天眷顾的许许多多的小岛。

汤姆点着头说：“你的消遣啊，我也想搭那艘船出海，玩它个一小时。”

我们在饭厅吃午饭，为了遮阳，那里也用遮篷挡得一片阴暗，众人佐着冰凉的麦芽啤酒，一口口灌下紧绷的欢快感。

“我们下午该怎么办呢？”黛西哭丧着脸喊道，“还有明天，还有接下来的三十年该怎么办呢？”

乔丹说：“别发神经了，秋天天气一凉，日子就重新开始了。”

黛西几乎要掉下眼泪，她坚持道：“可是现在好热啊，所有事情又这么乱七八糟的，我们进城去好了！”

她的嗓音在热浪中挣扎着、抵挡着，奋力将无意义的话语捏塑成形。

这时汤姆正对盖茨比说：“我听过人家把马厩改建成车

库，但我是第一个把车库改建成马厩的人。”

黛西不肯罢休，咄咄问道：“谁想进城去？”盖茨比的目光朝她飘去，她叫道：“啊，你看起来好气定神闲啊。”

他俩眼神交会，直盯盯地望着彼此，仿佛空间里只剩下他们两个人，黛西好不容易才把目光往下移到桌子上。

她又重复一次：“你看起来总是这么气定神闲。”

她这样等于是对盖茨比表明了她的爱意，汤姆·布坎南也看出来了，汤姆惊愕万分，双唇微启，他看着盖茨比，再转头看着黛西，仿佛认出她是自己很久以前认识的一个人。

黛西一副没事的模样继续说：“你好像广告里的那个男人，你知道那个广告吗——”

“好吧，”汤姆迅速打断她的话，“进城我没问题啊，走吧，我们一起进城去吧。”

他从座位上站起来，眼睛仍在盖茨比和他太太之间来回打量，大伙儿动也不动。

“走啊！”他有些动怒了，“到底怎么回事啊？要进城就走啊。”

他压抑着自己的怒气，连手都发抖了，他举起酒杯凑到唇边，把最后一点麦芽啤酒一饮而尽。黛西一开口，我们都站了起来，走到外头炽热的碎石车道上。

她抗议："我们就要这样去了吗？现在就走了吗？不让大家先抽根烟吗？"

"吃饭的时候大家已经从头抽到尾了。"

"噢，开心就好嘛，大热天的，不要在意这种小事情。"她央求他。

他没答话。

"唉，随你便，"她说，"乔丹，来吧。"

她俩上楼梳妆准备，我们三个男人便站在车道上，用脚踢着滚烫的碎石子。月亮的银弯子已挂在西边天上。这时盖茨比想开口说话，又临时改变心意，但汤姆已倏地转过身面对他，等他说话。

"你的马厩在这里吗？"盖茨比努力想了个问题。

"在这条路过去大约四百米的地方。"

"噢。"

又沉默了。

汤姆突然气急败坏地说："真不懂干吗要进城，不知道女人家的脑袋里都在想些什么——"

"我们要不要带点喝的去？"黛西从楼上窗户里喊道。

“我去拿威士忌。”汤姆回答她，接着便走回屋里。

盖茨比僵硬着身子转过来对我说：

“我在他家什么话也不能说，老哥。”

我说：“黛西说话的态度也太不小心了，她说起话来全是——”我迟疑了一会儿。

“她说起话来全是钱的感觉。”盖茨比突然说。

正是。我先前一直没意会过来，但黛西说话的声音正给人一种钱的感觉——她嗓音里那无穷无尽、高低起伏的魅力，那叮当作响、宛若铙钹敲成的旋律，那些正是金钱的感觉……她是高处白色宫殿里那国王的女儿，那黄金女郎……

汤姆从屋里走出来，把一瓶容量约一夸脱[1]的酒用毛巾裹起来，黛西和乔丹跟在后头，两人头上戴着金属亮片材质的小窄帽，胳臂上都盖着一条薄披肩。

盖茨比提议：“大家要不要搭我的车去？”他摸摸汽车座椅滚烫的绿色皮革，然后说：“刚刚应该停在阴影处的。”

“你的车是标准排挡吗？”汤姆问。

“对。”

1 1夸脱约等于1升。

“那你开我的双门车，你的车让我开进城。”

这提议使盖茨比十分不舒服。

“我的车快没油了。”他拒绝道。

“还很够吧。”汤姆活力十足地嚷道，接着又看看油表说，“没油的话我再去药房加油，这年头药房里什么都买得到。”

他这几句话听起来毫无意义，紧接着又是一阵沉默。黛西皱眉看着汤姆，盖茨比脸上则掠过一种难以言传的神情，我从来没看过这种表情，却又隐约有些熟悉，仿佛我以前只听人用文字描述过。

汤姆伸手把黛西推向盖茨比的车，说道：“来吧，黛西，我用这辆马戏团大篷车载你。”

他把车门打开，但黛西身子一闪，离开了他的手臂范围。

“你载尼克和乔丹吧，我们开双门车跟在你们后面。”

她走向盖茨比，并伸出一只手摸了摸他的外套。我和乔丹与汤姆坐进盖茨比车子的前座，汤姆试探地转动不大熟悉的排挡，接着我们便疾驶进入迫人的热浪中，把另外两个人远远抛在后头，很快便消失在视线之外。

“你看见没有？”汤姆厉声问道。

“看见什么？”

他锐利地望着我，意识到这件事我和乔丹一定始终知情。

他说：“你们觉得我很迟钝是吧？可能吧，不过我只要——我有时候几乎只看第二眼就知道该怎么办，这样说你们可能不相信，可是从科学的角度——”

他话说到一半便打住了，想到这紧急事件已经火烧屁股，他不得不从理论的深渊回到现实世界来。

他接着说：“我已经稍微调查过这家伙，我还可以查得更仔细，假如我早点知道——”

“你是说你去找灵媒了吗？”乔丹幽默地问。

我和她都笑出声来，汤姆疑惑地盯着我们问：“什么？找什么灵媒？”

“问盖茨比的事啊。”

“问盖茨比的事！没有，我没找灵媒，我是说我稍微调查了他的出身。”

“结果你发现他是念牛津的。”乔丹帮他接话。

汤姆不敢置信。“念牛津的！他念牛津才有鬼！他还穿粉红色的西装啊。”

“不过他真的是念牛津的。”

“那是新墨西哥州的牛津吧，”汤姆轻蔑地哼了一声，“或是其他类似的地方。”

乔丹不悦地问道：“我说，汤姆，你这么看不起人家，干吗还请他来家里吃午饭？”

“是黛西邀的，她是在我们结婚前认识他的——天知道她在哪里认识的！”

这会儿麦芽啤酒的效力越来越弱，我们全都烦躁起来，大伙儿也都意识到了，车里便静默了一会儿，谁也没开口。接着只见马路前方出现了艾柯堡医生那双褪色的眼眸，我于是想起盖茨比说过车子快没油了。

但汤姆说：“油还够开到城里。”

乔丹抗议：“可是这里就有车行啊，现在热得像烤箱，我可不想被困在路上。”汤姆很不耐烦，同时拽了两下刹车，我们的车便在威尔逊车行的招牌下猛然刹住，扬起一阵尘土。过了片晌，老板从店里走出来，目光空洞地望着这辆车。

汤姆粗声粗气地嚷道：“帮我们加个油吧！不然你以为

我们停下来做什么，看风景啊？”

威尔逊仍然动也不动，他开口说道：“我生病了，病了一整天。”

“怎么啦？”

“太累了。”

汤姆质问：“那我要自己加油吗？你在电话里听起来没事啊。”

威尔逊原本靠在门口阴影处，这会儿吃力地走出来，呼吸显得十分困难，伸手把油箱盖子旋开，他的脸在烈日下呈铁青色。

他说：“我不是故意要打扰您吃午餐，可是我最近缺钱缺得紧，我只是想知道你那辆旧车要怎么处理。”

汤姆问：“这辆你觉得怎样？我上星期买的。”

威尔逊一边费劲抓着油枪，一边答：“黄色的车，看起来挺好。”

“想买吗？”

“很难吧，”威尔逊勉强笑了笑，“没办法，不过你另外那辆我倒可以赚点钱。”

“你怎么会突然要用钱？”

“我在这里待太久了，想搬走，我和我太太想到西部去。”

“你太太想到西部去。”汤姆惊诧地嚷道。

“这事她讲了十年了。”威尔逊稍微在加油机上靠了一会儿，并抬起手遮着太阳，“这次她不管想不想都得去，我要带她离开这里。”

这时那辆双门车疾驰而过，扬起一阵烟尘，还能见到车上有人举起一只手朝我们挥着。

“要多少钱啊？”汤姆厉声问道。

“这两天我才发现一件怪事，所以想走，才会一直拿卖车的事去烦你。”威尔逊说。

“要多少钱啊？”

“一块二。”

酷热不曾稍减，这会儿我已经热得有点脑袋发昏，我着实想了好一阵子才意识到，威尔逊到现在还没对汤姆起疑心。他已经发现默特尔背着他在另一个世界过另一种生活了，心里大受打击，连带身体也病了。我望着他，再望着汤姆，汤姆不到一个钟头前也才发现了一样的事情，我突然了解，人与人之间最重大的差别，不是聪明才智，也不是种族，而是生病和健康与否。威尔逊病得看起来就像犯了罪一样，而且是滔天大罪——好比让某个可怜女孩怀了孩子。

汤姆说："我那辆车会卖给你，明天下午我派人把车送来。"

这附近一带总隐约使人感觉惴惴不安，即便在此刻的午后艳阳下仍是如此。这会儿我像是被人警告背后有危险似的把头一转，只见艾柯堡医生的那双大眼仍矗立在灰烬丘上方看守着，但过了片刻，我便察觉到还有另一双眼在看着我们，目光炽烈，就在二十英尺外。

车行楼上有道窗的窗帘被掀开了一点点，默特尔·威尔逊正透过缝隙盯着我们的车看，看得聚精会神，没意识到自己也正被人观察着。她脸上出现各种不同的情绪，就像一张冲洗显影得很慢的相片，景物在上头缓缓浮现。这种表情怪熟悉的，我常在许多女人的脸上见到，可是这会儿出现在默特尔·威尔逊脸上，却显得毫无来由，令人不解。但我接着才意识到，她又妒又惧地把眼睛睁得大大的，那双眼盯的不是汤姆，而是乔丹·贝克，她把乔丹当成了汤姆的太太。

简单的脑袋一旦感到混乱，那程度绝对无人能及，我们驶离车行时，汤姆心里正感受着恐慌所抽下的一道道热辣辣的鞭子，一个小时前，他的妻子和情妇都还稳当安全，此刻却都急速从他的掌控中溜走了。他凭直觉踩下油门，一方面想追上黛西，一方面想把威尔逊抛在脑后，我们即以每小时五十英里的速度朝皇后区阿斯托里亚的方向驶去，但后来我们在高架铁路下蜘蛛脚似的细长梁柱之间，看到了那部悠闲的蓝色双门车，这才把车速放慢。

乔丹提议："五十街附近那几家大电影院挺凉快的吧，我很喜欢夏天午后的纽约，都没人，感觉舒服畅快，有一种熟透的感觉，好像会有各式各样奇特的水果掉到你手上一样。"

那句"感觉舒服畅快"使汤姆感觉更加不舒服，但他还没想到该怎么反驳，双门车停了下来，黛西示意我们把车开到他们旁边。

"我们要去哪儿呀？"她嚷道。

"去看电影怎么样？"

"太热了，"她抱怨，"你们去吧，我们开车四处绕绕，之后再跟你们会合。"接着她费劲想了一句俏皮话，"我们约在某个街角会合吧，你们如果看到有人一口抽两支香烟，那就是我了。"

“不要在这里讲。”汤姆气急败坏地说，这会儿一辆卡车在后头咒骂似的发出刺耳的喇叭声，“你们跟着我开到中央公园南边，开到广场饭店前面。”

他好几次转头去看他俩的车在哪儿，只要他们被车阵挤到后头，他便把车速放慢，直到又看见他们的车为止，我想他大概害怕他俩会突然冲进路旁某条小街，永远从他的人生中消失吧。

但他俩并没有这么做，倒是我们所有人做了一件更让人匪夷所思的事——我们在广场饭店订了一间套房，大家都进了客厅。

一开始大家吵了许久，场面一片混乱，最后才进了那房间，其中的细节我已经记不清楚了，但我身体的记忆则十分鲜明：在整个过程中，我的内裤就像条湿答答的蛇，一直在我腿上爬，背上则一阵阵冒出冷涔涔的汗珠。开房间这事来自黛西的一个建议，她说我们应该订五间浴室，大家都去泡个冷水澡，接着这个提案成了比较具体可行的计划，改为“找个地方喝杯薄荷冰酒”，我们每个人都再三说这点子“真是疯了”——大伙同时开口对着一位困惑的柜台服务人员说话，心里还认为，或者说假装认为吧，我们这样显得挺风趣的……

我们订的这间房宽敞但窒闷，而且尽管已经四点了，打开窗看到的却只有中央公园一片热腾腾的灌木丛。黛西走到镜子前面，背对我们，整理起她的头发来。

乔丹用开了眼界的语气说：“这间房好棒啊。”逗得大伙儿全笑出声来。

黛西头也不转地发号施令：“再开一扇窗吧。”

“没别的窗了。”

“那我们最好打电话请人送把斧子来——”

“重点是不要再说天气热了，”汤姆极不耐烦地说，“你牢骚发个不停，简直让这一切难受十倍。”

他把包着威士忌酒的毛巾打开，把酒放在茶几上。

盖茨比开口说：“老哥，别管她行吗？是你说要进城的。”

众人沉默了一阵子，接着系在墙壁钉子上的电话簿突然滑落，哗啦一声摔到地上，乔丹喃喃说了声“对不起”，但这会儿没人笑了。

“我去捡。”我自告奋勇。

“我来吧。”盖茨比把断开的绳索细细检查一番，发出一声模糊不清的“嗯！”，像是感到很有意思，接着便把电话簿扔到一张椅子上。

汤姆尖锐地问："你这口头禅挺特别的，是吧？"

"什么口头禅？"

"开口闭口都是'老哥'，你在哪里学的？"

"汤姆，你听好了。"黛西从镜子前面转过身来，"如果你要人身攻击，我就立刻走人，打电话叫人送点冰块来调薄荷冰酒吧。"

汤姆拿起话筒，原本压抑的火气瞬间化成声音爆发出来，我们听见楼下宴会厅传来门德尔松《婚礼进行曲》那煞有其事的和弦演奏。

"竟然有人想在这种大热天结婚！"乔丹哀叫。

"不过，我就是在六月中结婚的。"黛西忆道，"路易斯维尔的六月天！还有人昏倒了，汤姆，那昏倒的人是谁呀？"

"比洛克西。"他简短地回答。

"一个叫'比洛克西'的男人，'方块'比洛克西，而且他的职业就是做箱子——没骗人，而且他还正好出生于田纳西州的比洛克西[1]。"

1　此人的昵称"方块"（blocks）在英文中与"比洛克西"（Biloxi）发音近似，而"箱子"（box）在英文中与"比洛克西"发音近似。黛西此处在暗暗愚弄汤姆，汤姆是芝加哥人，不像黛西、乔丹、尼克出生于南方，因此不清楚比洛克西其实在密西西比州，而不在田纳西州。

乔丹也接着说："那时候他们把他抬到我家去，因为我们家和教堂只隔两户。后来他在我们家赖了三个星期，最后我爸爸只好直接叫他卷铺盖走人，他走之后隔天我爸爸就死了。"过了几秒，她似乎感觉自己说的前后两句话八竿子打不着，又补上一句："这两件事无关。"

我也开口："我以前认识一位出生于田纳西州孟菲斯的人，叫作比尔·比洛克西。"

"那就是他堂兄弟，他待在我家那段期间，把整个家族史都告诉我了，他送给我一支铝制推杆，我到现在还在用呢。"

这时楼下的音乐已经停了，结婚典礼正式开始，一阵长长的欢呼声从窗口飘进来，还伴随着断断续续的"好——！"的叫嚷声，最后倏地奏起了爵士乐，众人婆娑起舞。

黛西说："我们老了，如果我们还年轻，就会站起来跟着跳舞。"

"想想比洛克西吧。"乔丹警告黛西，"汤姆，你怎么认识比洛克西的？"

"比洛克西？"他努力地专心回想，"我本来不认识他，他是黛西的朋友啊。"

黛西否认："才不是，我以前根本没见过他，他是搭你们家包的火车来的。"

"这个嘛，他说他认识你，他说他是路易斯维尔人，那时候车就要开了，阿萨·伯德带他来，问还有没有位子让他坐。"

乔丹露出笑容。

"他大概是想搭便车回家吧，他还跟我说，他是你们耶鲁那届的学生会会长呢。"

我和汤姆茫然相视一眼。

"比洛克西？"

"首先，我们根本没有什么学生会会长——"

盖茨比的脚开始急促焦躁地敲着地板，像敲军鼓似的，这时汤姆突然盯着他瞧。

"对了，盖茨比先生，听说你是读牛津的。"

"也不能算是。"

"噢，是吧，我听说你读过牛津。"

"对，我读过。"

一阵沉默，接着汤姆用不相信的侮辱口气说道："你读牛津的时候，大约就是比洛克西读耶鲁的时候吧。"

又是一阵沉默，然后一位服务生敲门，送了碎薄荷叶和冰块进来，然而尽管他说了声“谢谢”，把门带上时也发出了轻巧的关门声，却还是没能打破这阵沉默。这巨大的谜团此刻终于要揭晓了。

“我说了，我读过。”盖茨比开口了。

“我听到啦，但我想知道你是什么时候读的。”

“一九一九年，我只读了五个月，所以我才说，我不能自称是读牛津的。”

这时汤姆转头打量大家，想看看我们是否都和他一样不买账，但所有人都望着盖茨比。

“那是停战后他们给一些军官的机会，”盖茨比接着说，“我们可以选择去英国或法国的任何一所大学念书。”

这时我真想站起身，过去拍拍他的背；我和先前一样，又一次对他恢复了全然的信任。

黛西带着浅浅的微笑站起身来，走到茶几旁。

她吩咐：“汤姆，把威士忌开了，我帮你调杯薄荷冰酒吧，这样你才不会表现得像傻蛋似的……你看这些薄荷叶！”

汤姆厉声说：“等一下，我还有一个问题想请教盖茨比先生。”

盖茨比温文有礼地答道："请说。"

"你到底想在我家搅和些什么？"

两人终于打开天窗说亮话了，而这正中盖茨比的下怀。

"他没在搅和什么。"黛西一脸焦急，轮流望向两人，"搅和的是你，拜托你稍微自制点。"

"叫我自制！"汤姆不敢相信地把她的话重复一次，"让不知哪儿来的无名小卒勾搭自己的太太，我看现在正时兴这套是吧，如果是这样，我可不吃这套……这年头大家开始不屑家庭生活和家庭制度了，接下来大家是不是什么都不管了，连黑人和白人都可以通婚了？"

他慷慨激昂地胡言乱语，讲得一脸赤红，俨然认为自己正孤军捍卫着人类文明的最后一道防线。

"我们几个都是白人啊。"乔丹悄声说。

"我知道我没什么人气，我不办什么大型宴会，我看在当今的现代社会里，想交朋友就一定得把自己家里弄得像猪圈一样是吧？"

虽然我气极了，我想其他人也是，但汤姆每回开口，我就几乎忍不住要发笑，因为这位浪荡公子哥儿真是突然彻头彻尾地清高了起来。

“你听好了老哥——”盖茨比准备发难，但黛西猜出他想说什么。

“拜托别说了！”她焦急地插嘴，“拜托，我们回家吧，我们都回去好吗？”

“我赞成。”我站起身来，“走吧，汤姆，没人想喝东西。”

“我想听听盖茨比先生要说什么。”

“你太太根本不爱你。”盖茨比说，“她从来没爱过你，她爱的人是我。”

汤姆想都没想便嚷道：“你疯啦！”

盖茨比一个箭步站起身，整个人激动得充满生气。

“她从没爱过你，你听到了吗？”他大喊着，“她嫁给你只是因为我那时候很穷，还有她等我等累了。那是一个天大的错误，可是她心里爱的从头到尾都只有我一个人！”

到这节骨眼我跟乔丹都想走了，但汤姆和盖茨比两人却较劲似的坚持让我们继续待着，仿佛他俩心里都坦荡荡，仿佛我们能间接分享他们的情绪是我们的荣幸。

“黛西，你坐下。”汤姆尽可能用父亲般威严的语调说话，但颇失败，“到底发生什么事了？我想知道。”

盖茨比说：“我已经告诉你是什么事了，这事已经五年了——你却不知道。”

汤姆猛然转头面对黛西。

“你跟这家伙偷偷交往了五年?”

盖茨比说:“不是交往,我们没办法见面,但是我们从头到尾都爱着彼此,你却不知道,老哥。以前我有时想到你什么都不知道,还忍不住会笑出来。”但他的眼神中却毫无笑意。

“噢——就这样啊。”汤姆把两手粗粗的指头互相轻敲,像牧师似的,接着便往椅背一靠。

“你是疯子啊!”他爆发了,“五年前的事我没什么好说,因为我那时候根本不认识黛西,而且打死我也想不通你当初怎么接近她的,大概是替她家送食品杂货的吧,可是你说的其他事都是天杀的在撒谎,黛西嫁给我的时候爱我,她现在也爱。”

盖茨比摇摇头说:“不对。”

“可惜事实就是这样,麻烦的是有时候她的脑袋瓜会胡思乱想,搞不清楚自己在做什么。”他很有智慧似的点点头,“还有,我也爱黛西,我偶尔会玩过火,做出一些丢脸的事情,但我最后总是会回来,而且我心里始终爱着她。”

“你真让人作呕。”黛西说完，转过来望着我，用低八度的声音对我说，“你知道我们为什么离开芝加哥吗？他们没把他那次‘玩过火’的故事告诉你，我还挺惊讶的。”她轻蔑的语气使房里充满令人不寒而栗的气氛。

盖茨比走过去，站到她身边。

他殷切地说：“黛西，那些事都过去了，不重要了，你只要跟他说实话，跟他说你从来没爱过他，这一切就像是没发生过了。”

黛西幽幽凝视着他，“哎呀，我怎么可能爱他——怎么可能呢？”

“你从来没爱过他。”

她迟疑了，她向我和乔丹投以一种恳求的眼神，仿佛终于意识到自己在做什么，仿佛先前发生的每一件事都不是她自己有心选择的，但过去的事已然发生，现在已经太迟了。

“我从来没爱过他。”她说，语气中明显带着不情愿。

“在卡皮欧拉尼公园[1]的那时候也不爱吗？”汤姆突然质

---

1 卡皮欧拉尼公园（Kapiolani Park）位于美国夏威夷，占地百余亩，设有各式球场及休闲娱乐设施，并常有音乐表演。

问道。

“不爱。”

楼下宴会厅里的和弦旋律听起来沉闷模糊，随着一阵阵热气飘送上来，让人觉得快要窒息。

“在庞奇鲍尔[1]火山口时，我怕你鞋子弄脏，一路把你抱下来，那时你也不爱我吗？”他语调中带着沙哑的柔情，“黛西？”

“拜托别说了。”她的声音仍冷漠，但已不见原本的怨气。她望向盖茨比，对他说：“杰伊，我说了。”但她试着点烟时，手却不停地颤抖，接着便猛然把香烟和点燃的火柴往地毯上扔。

“啊，你想要的太多了！”她对盖茨比嚷着，“我现在爱的是你，这样还不够吗？过去的事我没办法重来呀。”她无助地啜泣起来，“我以前是爱过他，但我同时也爱着你啊。”

盖茨比将一双眼睁得老大，随即阖上。

“你‘也’爱着我？”他把这句话重复了一遍。

---

1 庞奇鲍尔（Punch Bowl）是夏威夷瓦胡岛上的一个火山口，在英文中原意是一种装潘趣酒的大调酒缸。

“那也是在撒谎。”汤姆蛮横地说，“她之前根本不知道你还活着。哎呀，我和黛西之间有很多事你永远不会懂的，有很多共同的回忆，我俩永远也忘不了。”

这番话仿佛在盖茨比身上狠咬了一口。

他仍不放弃：“我想跟黛西单独谈，她现在太激动了才会——”

黛西坦言：“就算我们单独谈，我也不能说我从来没爱过汤姆。”她的语气楚楚可怜，“那是在骗人。”

“那当然。”汤姆应声附和。

黛西转过去面对她丈夫。

“说得好像你在意似的。”她说。

“当然在意，从现在起，我会加倍好好照顾你。”

“你不懂，”盖茨比语带惊慌地说，“你已经不能再照顾她了。”

“不能再照顾她？”汤姆睁大了眼，笑出声来，这会儿他显然已经能控制自己了，“什么意思？”

“黛西要离开你了。”

“胡说八道。”

“我确实要离开你。”黛西说，看得出她费了一番工夫才说出这话来。

“她不会离开我！”汤姆突然冲着盖茨比嚷道，“她哪可能为了你这种小骗子离开我，你连向她求婚的戒指也得用偷的吧。”

黛西大喊：“我受不了了！啊，拜托，我们离开这里吧。”

汤姆突然爆发：“你到底是什么人？你就是跟迈耶·渥夫斯罕混的那帮人中的一个吧——这事我正好知道，你的事我已经稍微调查过了，我明天还要继续查。”

“你尽管查吧，老哥。”盖茨比不疾不徐地回答。

“你那些‘药房’是干什么的，我都摸清楚了。”汤姆转向我们，连珠炮似的说，“他跟那个叫作渥夫斯罕的家伙，把这里和芝加哥很多小路上的药房都买下来，在里面卖谷物酿的酒精，这就是他的其中一样小把戏，我第一次见到他就看出他是个卖私酒的，果然跟我想的差不多。”

“怎么样？”盖茨比仍维持礼貌的口吻，“我看你朋友沃尔特·蔡斯倒也挺乐意加入嘛。”

“你对他见死不救，不是吗？你让他在新泽西蹲了一个月的牢，老天！真该让你听听沃尔特是怎么讲你的。”

"他加入的时候，身上没有半毛钱，那时候他可是很乐意能赚点钱啊，老哥。"

汤姆大吼："不要叫我'老哥'！"盖茨比闭口不语。汤姆说："沃尔特本来可以用赌博法把你给揪出来，但渥夫斯罕威胁他，叫他闭嘴。"

这时盖茨比脸上又出现那个令我陌生但似曾相识的表情。

汤姆缓缓地继续说："药房的生意还不算什么，听说你现在还想干一笔更大的，只是沃尔特不敢告诉我是什么勾当。"

我的视线掠过黛西，只见她一脸惊恐，望着盖茨比，望着自己的丈夫，又望向乔丹，乔丹则仿佛又在全神贯注地用下巴顶着一件看不见的物品，然后我转回去看盖茨比——这一看，却被他脸上的表情吓着了。对于之前那些宾客在花园里的胡乱诋毁，我可是不屑一听的，但他此刻的表情看起来却真像"杀了个人"一样，有那么一会儿，他的神情只能用这种奇妙的说法来形容。

那个表情消失了，接着他开始激动地和黛西说话，对一切全盘否认，连没人讲到的罪状也一并澄清，但他越说，黛西只是越往自己内心缩回去，因此后来他自己便放弃了。这午后的时光一点一滴流逝，唯独那个死去的梦仍持续奋战，它努力碰触那再也不可及的目标，悒悒不乐奋力挣扎，丝毫不肯放弃，朝着房间另一头那个失落的声音坚持不懈。

那声音又一次央求大家离开这里。

“拜托，汤姆！我实在受不了了。”

她惊惧的双眼说明了，无论她曾有过何种意图、何种勇气，此刻都已完全消失。

汤姆说：“你们两个回去吧，黛西，你坐盖茨比先生的车。”

她这时已心生警戒，望着汤姆，但汤姆却仍大方而轻蔑地坚持。

“去啊，他不会烦你的，我想他也知道，自己那不像样的调情活动已经结束了。”

他俩不发一语便快步离开了，好像只是偶然路过，孤绝得宛若鬼魂，甚至连我们的同情也没法碰触到他们。

过了片刻，汤姆站起身来，用毛巾把那瓶始终没打开的威士忌酒裹起来。

“想喝吗？乔丹？尼克？”

我没回答。

“尼克?”他又问了一次。

“你说什么?”

“你想喝吗?”

“不用了……我突然想到，今天是我生日。”

我三十岁。眼前展开全新的十年，是一条不祥而险恶的路。

我们和汤姆坐上双门车启程回长岛，那时已是七点钟。一路上，汤姆叨叨说个没完，喜形于色，不时放声大笑，但他的声音似乎离我和乔丹好远，一如外头人行道上陌生的喧闹声，一如头顶高架铁路上的嘈杂声。人的同情心终究有其限度，此刻，我俩只愿让他们悲剧般的争执随背后的大城灯火一同褪去。三十岁——这岁数所应许我的，将是另外十个寂寞的春秋，单身朋友越来越少，公文包里盛装的热忱越来越少，顶上的头发也越来越少，然而我身旁有乔丹相伴，乔丹和黛西不同，睿智如她，从不会把早已忘却的梦带到人生的下一个阶段。车开到黝黑的桥上时，她那张苍白的脸慵懒地靠在我穿着外套的肩上，一只手以稳定人心的力道挨着我，三十岁的可怖冲击便随之凋零散去。

我们就这样在渐凉的暮色中驶向前方的死亡。

警方勘验死因时，一个名叫米凯利斯的年轻希腊人是主要的目击证人，他是灰烬丘旁那家小咖啡店的老板。白天暑热当头，他一直睡到下午五点多，睡醒后，他晃到车行去，发现乔治·威尔逊在办公室里一副病样，病得很严重，脸色就和他头上的金发一样苍白，还浑身发颤。米凯利斯劝他上床休息，但威尔逊却不肯，说是这样会错过许多生意，就在这位邻居竭力说服他时，他们头顶传来一阵剧烈的噪声。

这时威尔逊冷静地解释："我把我老婆锁在楼上，要锁到后天，后天我们就要搬走了。"

米凯利斯震惊至极，他们当了四年的邻居，威尔逊从来不像是会说出这种话的人，平常他就是那种无精打采的人，没工作时就坐在门口的椅子上，盯着外边路上经过的人车，别人和他说话时，他总呵呵发笑，笑得宜人而无趣，他始终归太太管，而不归他自己管。

因此米凯利斯自然想问清楚这是怎么一回事，但威尔逊一句话也不说，反而开始半好奇半怀疑地打量这位上门的邻居，还问他过去某几天的某些时候都在做些什么。正当这位芳邻开始感到不舒服时，有位工人走过车行门口，朝他的餐馆走去，他便借这个机会脱身了，心想自己晚点再来。结果他没过来，他说就只是忘记而已。接着他再出门时大约是七点出头，他想起了下午和威尔逊聊天的事，因为那时他听见威尔逊太太的声音，她正在车行的一楼大声斥骂。

“你打我呀！”米凯利斯听见她嚷道，“推我打我啊，你这肮脏的窝囊废！”

不久，她便冲进外头的暮色之中，挥舞着双手，厉声嘶吼，米凯利斯还来不及走出他的店门，事情便发生了。

那辆“死神之车”（报纸上是这么称呼的）从头到尾都没停下来过，车子自渐沉的夜色中蓦地出现，撞了人之后悲惨地踟蹰片刻，旋即开到下个转弯处，消失得无影无踪。米凯利斯甚至不确定车子是什么颜色，他和第一位警察说那辆车是淡绿色的，另外一辆汽车则往纽约的方向开，驾驶员开了一百码之后便停了车，匆忙奔回默特尔·威尔逊躺着的地方。她的生命猛然结束了，整个人跪在马路上，浓稠深红的血和灰烬混成了一片。

米凯利斯和这个男人最早来到默特尔身边，但他俩把她身上仍汗湿的衬衫撕开后，只见她的左胸已给撞得垂下来，像信封折口的纸片似的，已经没必要去听那胸脯下还有没有心跳了。她的嘴张得大大的，嘴角都裂开来，仿佛她在放弃体内那股贮存多时的巨大生命力时，稍微呛着了。

我们的车离事发地点还有一段路程时，便已看到前方聚集了三四辆汽车和一小群人。

“车祸！”汤姆说，“这样好，威尔逊终于有点生意做了。”

他把车速放慢，但还没有要停下来的意思，然而等我们开得近些，他见到车行门前的人群沉默专注的神情，终于不自觉地踩下刹车。

“我们去看一下，”他用怀疑的口气说，“看一下就好。”

这时我才听到，有一阵低闷空洞的哭号声不停地从车行传出来。我们下了双门车，走向车行门口，才听清楚那哭号声是一个人在哽咽呻吟，他再三重复地说着：“啊，老天啊！”

汤姆兴奋地说：“出事喽。”

他蹑手蹑脚地走过去，在那圈人外面往车行里张望。屋里只点着一盏黄灯，那灯围着铁丝罩，在天花板上晃着，接着他从喉咙里发出刺耳粗糙的一声，那有力的双手猛烈一推，便硬挤了进去。

这圈人喃喃抗议一阵后，旋即又聚拢起来，有好一阵子，我眼前什么也看不到，接着新涌上来的人群冲散了原本的阵线，我和乔丹便突然给挤进屋里了。

默特尔·威尔逊的尸首放在墙边的一张工作台上，有张毯子包着，外头又裹着另一层毯子，仿佛她在这炎热的夜里着了凉似的。汤姆背对着我们，俯身望着尸首，整个人动也不动，他身旁站着一位摩托车警员，正挥汗在小册子上记着人名，一直改来改去的。那高声的哀号在空荡荡的车行里闹嚷嚷地回荡，一开始我还找不到声音是哪里来的，接着才看到威尔逊站在他办公室高起的门槛上，双手抓着两边门框，身子前后晃着，有个男人正低声对他说话，还不时试着把手放在他肩上，但威尔逊仿佛听不见也看不见，他的视线一会儿落在晃着的灯上，一会儿缓缓移到墙边那张放着尸体的工作台上，接着又遽然转回去盯着那盏灯，而且不停歇地发出高声而骇人的呼号：

"啊，老——天啊！啊，老——天啊！啊，老——天啊！啊，老——天啊！"

此刻汤姆骤然抬起头来，呆滞的眼神朝车行四处瞥，接着他向那位警察咕哝了一句话，听不清楚他在说什么。

而警察嘴里正念着："梅……呼……罗……"

刚刚那个男人纠正他："不是，是'夫'，是梅——夫——罗——"

汤姆厉声嘀咕道："听我说话！"

警察继续念道："夫……罗……"

"然后是'杰'……"

"杰……"这时汤姆用他的大手霍然拍了拍警察的肩膀，警察这才抬起头问道："想干吗，老兄？"

"怎么回事？我只是想问这个。"

"这女的被汽车撞了，当场就死了。"

"当场就死了。"汤姆两眼发直地重复这句话。

"她跑到马路上，那狗娘养的从头到尾都美（没）把车停下来。"

"有两辆车，一辆开过来，一辆开过去，懂吗？"米凯利斯说。

"往哪里开？"警察殷殷问道。

"两辆车各往一个方向。呃，她……"米凯利斯举起一只手，原想朝毯子的方向指，但随即又把手摆回身边，“她跑出去，从纽约开来的那辆车就直接撞到她，时速大概有三四十英里。”

“这个地方叫什么？”警察问。

“这个地方没名字。”

这时一位浅肤色、衣着体面的黑人站了过来。

他开口：“那辆车是黄色的，黄色的大车，很新。”

“你看到撞人的经过吗？”警察问。

“没有，不过那辆车在前面从我旁边开过去，时速超过四十英里，大概有五六十英里以上。”

“你过来，我记一下你的名字。借过，我要问他的名字。”

威尔逊在车行办公室门口来回晃着，而这段对话想必多少也传进他耳里了，因为这会儿他抽噎哭喊时又加进了新的主题：

“那是什么车不用你们跟我说！我知道那辆是什么车！”

我看着汤姆，看到他后肩的一块肌肉在大衣底下绷得极紧，他快步走过去，站在威尔逊面前，双手紧抓住威尔逊的上臂。

“振作一点。”汤姆用抚慰而粗哑的嗓音说。

威尔逊的视线落在汤姆脸上，他惊讶得双脚一蹬，要不是有汤姆扶着，他整个人恐怕要跪倒在地。

“听我说，”汤姆边说，边轻摇着威尔逊，“我才刚从纽约过来，我开那辆要卖给你的双门车过来，我今天下午开的那辆黄色的车不是我的，你听见没有？我整个下午都没看到那辆车。”

只有我和那位黑人站得够近，听见了汤姆说的话，但警察从汤姆说话的语气中听出了什么，他朝这边望过来，带着寻衅的神情。

“什么事？”他质问。

“我是他的朋友。”汤姆把头转过去面对警官，但双手仍紧抓着威尔逊，“他说他知道撞人的车是哪一辆……是一辆黄色的车。”

警察突然受到一股隐隐的冲动驱使，一脸狐疑地盯着汤姆。

“那你开的车是什么颜色的？”

“蓝色的，是一辆双门车。”

“我们刚从纽约开来。”我说。

有一个人刚刚开在我们车子后面，他向警察证实这点，警察便转回去了。

“好，你再跟我说一次名字，说清楚——”

汤姆把威尔逊像个娃娃般扶起来，搀他进车行办公室，让他在一张椅子上坐下，然后回到门外。

他用权威的语气厉声说：“谁进来这里陪他坐一下吧。”汤姆看着离门边最近的两个男人彼此相视，不大情愿地走进办公室，他随即在他们背后把门关上，走下那级台阶，视线始终避着那张工作台。他走到我身边时轻声说道：“走吧。”

汤姆用他权威的双臂替我们开路，我们三人便从越聚越多的群众间穿过，感觉众人的目光似乎都在我们身上，走出去时还经过一位拎着公文包匆忙赶来的医生，他是半小时前有人还存着一丝希望时打电话找来的。

汤姆把车开得很慢，一直开到转弯处，他才用脚猛地一踩，双门车便在夜色中急速奔驰起来。过了一会儿，我听见低沉嘶哑的啜泣声，转头一看，只见他已泪流满面。

“天杀的窝囊废！”他低声说，“他连停都没停下来。”

行道树黑魆魆的，沙沙作响，布坎南家的房子倏地朝我们迎面袭来。汤姆把车停在门廊旁边，抬头往二楼望去，只见藤蔓间有两道窗灯火通明。

他说："黛西回家了。"我们下车时，他看了我一眼，微微皱起眉头。

"我刚刚应该让你在西卵下车的，尼克，我们晚上也不可能有什么节目。"

他整个人变了，说起话来语调沉重，并且果决起来。我们三人穿过月光照耀的碎石子路走向门廊，他简单的两三句话便把一切都安排妥当了。

"我等下打电话叫出租车载你回家，车来之前，你跟乔丹先去厨房，请人弄点晚餐给你们吃吧——如果想吃的话。"他把门打开，"进来吧。"

"不用了，谢谢，不过还是麻烦你帮我叫出租车，我在外头等就好。"

乔丹把手放在我手臂上。

"你不进来吗，尼克？"

"不了，谢谢。"

我感觉不大舒服，只想独处，但乔丹又逗留了片晌。

"现在才九点半呢。"她说。

打死我我也不想进去，和这批人相处了一整天，我实在受够了，一时间，就连乔丹也开始令我反感。她想必也从我的表情里看出了一点端倪，因为她倏地便转过身去，跑上门廊台阶，奔进屋里去了。我把脸埋在手里，在原地坐了几分钟，直到听见屋里的管家把话筒拿起来，在叫出租车的声音，我才缓缓沿着车道走离这屋子。我想在大门旁边等车来。

我走了不到二十码，便听到有人在唤我的名字，只见盖茨比从两丛灌木间走到小径上，那时我想必已经感觉十分诡异了，因为现在回想起来，我什么印象也没有，只记得他身上的粉色西装在月光下熠熠生辉。

“你在做什么？”我问他。

“没什么，老哥，就站着而已。”

不知怎的，这行为看上去十分卑劣，我感觉他像是下一刻钟就要进屋行抢一样，这时如果看到“渥夫斯罕那帮人”的邪恶面容在他后面的黝黑灌木间出现，我大概也不会惊讶。

过了片刻，他开口问：“你在回来的路上有没有见到什么意外？”

“有。”

他迟疑片晌。

“她死了吗？”

“对。”

“跟我想的一样，我也跟黛西说她大概死了，一次性接受所有的打击，这样比较好，她算挺住了。”

他说得仿佛黛西的反应是唯一真正重要的事。

“我从一条小路开回西卵，”他继续说，“我把车停在车库里，应该没人看到我们，不过当然，我没办法打包票。”

这时我对他的憎恶已到了极点，甚至懒得跟他说他错了。

“那个女人是谁？”他问。

“她姓威尔逊，是车行老板的太太。你们究竟怎么撞上人的？”

“呃，那时候我想转方向盘——”他话讲到一半便打住，我突然意识到事情的真相。

“开车的是黛西吗？”

过了片晌，他答道：“对，但我当然会说是我开的车。跟你说，我们离开纽约的时候，她情绪太紧绷了，她说开车可以让她稳定下来，结果我们和对向的一辆车会车的时候，那女人突然冲出来。事情发生得很快，但我感觉那女人似乎想和我们说话，大概把我们当成熟人了。总之，黛西本来想赶紧转向，撇到对向那辆车的方向去，但后来她一紧张，又把车转回去，我手抓到方向盘的时候，就感觉到冲击的力道了，我知道她一定当场就死了。”

“她被撞得身体开花——”

“别告诉我，老哥。”他整张脸都纠结起来，“总之，后来黛西加速开走了，我叫她停车，可是她不肯，我就拉了紧急刹车，接着她整个人倒在我腿上，我就接手开车。”

然后他又说：“她明天就没事了，我只是想守在这里，以免那家伙会因为今天下午的不愉快，对她做出什么事来。黛西已经把她房门锁上了，如果他想动粗，黛西会把灯打开让我知道。”

“他不会碰她的。”我说，“他现在心里根本没在想她。”

“老哥，我不相信那家伙。”

“你打算在这里守多久？”

“必要的话我会守整晚。反正至少要等到他们都睡了为止。”

此时我脑中突然出现一个全新的观点。如果汤姆发现是黛西开的车，他或许会做很多联想，他会怎么联想都有可能。我看着他们的房子，这时一楼有两三道窗是亮着的，黛西的房间在二楼，散发着粉红色的光辉。

“你先在这里等，我去看看屋里有没有骚动的迹象。”

我沿着草坪边缘走回去，轻手轻脚地横越碎石子车道，再踮脚悄声踏上阳台走廊的台阶。客厅的窗帘没拉上，我一看，里头没人。接着我走过门廊，三个月前某个六月的夜晚我们还一同在这里吃晚饭，然后来到一小块方形的灯光前，我猜这大概是厨房储藏室的窗子吧，窗户的百叶窗拉上了，但我发现窗台处还留了条缝隙。

只见黛西和汤姆隔着厨房的桌子面对面坐着，两人中间摆着一盘冷了的炸鸡和两瓶麦芽啤酒，汤姆对着桌子另一端的黛西专注地说话，说得极认真，一只手还摆到黛西手上，黛西则不时抬头看他，并点头表示同意。

他俩看来并不快乐，桌上的炸鸡和啤酒也连碰都没碰，但他们看起来也不算不快乐，这幅画面里无疑有着一股自然的亲密气氛，而且任谁见了都会说这两人必定是在共谋着什么事。

我从门廊上蹑手蹑脚地走回去，这时已听到出租车在暗夜的路上往房子这里开来的声音，盖茨比仍在车道上原地等着。

他焦急地问：“里头都安静了吗？”

“对，都静了。”我犹豫了几秒，“我看你回家休息一下吧。”

他摇头。

“我要等到黛西上床睡了为止。老哥，晚安。”

他双手插进外衣的口袋，急切地转过身去继续监视屋子，仿佛我在这儿是干扰了他神圣的守夜行动，因此我便跨步离去，留他独自一人伫立在月光下——徒劳空守。

第八章

我整晚无法入睡，长岛海峡上的雾笛整晚呻吟不休，我带着病意，在古怪的现实和野蛮可怕的梦境间辗转反侧。天快亮时，我听见出租车开进盖茨比家车道的声音，便立刻跳下床穿衣服，我心里感觉好像有事情想立刻告诉他、警告他，仿佛如果等到早上便要来不及了。

我跨越盖茨比家的草坪，看见他的前门仍开着，而他就在玄关里，靠着一张桌子，看上去十分沉重，不知是因为懊悔还是睡意。

他一脸倦容地对我说："什么事也没有。我一直在那儿守着，后来大约四点的时候，她走到窗户旁，在那里站了一会儿，就把灯熄了。"

接着我和他在一个个偌大的房间里逡巡，找着香烟；那个夜晚，他的宅邸令我感觉巨大无比，我以前从没这种感觉。我们推开那些大如棚阁的窗帘，在黑沉沉、不知有几英尺长的墙上摸索着电灯开关，我还一度脚滑，撞在一架鬼影似的钢琴上，琴键哗啦啦发出一阵响。屋里到处都是多得不可思议的灰尘，每个房间都透着霉味，仿佛已经许多天没有通风。我在一张先前没见过的桌上找到了雪茄盒，里头有两支放了太久而干掉的香烟，我们一把打开客厅的落地长窗，坐下对着魆黑的夜色抽烟。

我说："你得避一避，他们一定会追查出你的车子的。"

"现在就走吗，老哥？"

"去大西洋城避一个星期，或者往北到蒙特利尔去吧。"

但他却完全不考虑，在获知黛西的决定前，他根本不可能离开她身边。他仍紧抓着最后一丝希望，我不忍心把他拉开。

他便是在这晚告诉我，他年少时跟在丹·科迪身边的奇异故事，他之所以说出来，是因为在汤姆的蛮横恶意下，"杰伊·盖茨比"已像玻璃般粉碎了，这场盛大演出多时的秘密戏码终于落幕。我想，到了这时，他应该什么事都能承认，没什么好保留的了，只是他当时只想谈黛西的事。

黛西是他这辈子所认识的第一个“好人家的女孩”，从前他也靠着一些不为人知的本领，接触过像她这样的人，但他与她们之间总有一道无形的铁丝网隔着，黛西成了他热切渴慕的对象。他常去她家，起初是和泰勒营的其他军官，后来便开始自己去了。黛西的家使他着迷，他以前从未踏进过这么美丽的宅邸，但那房子之所以具有一股令他心弦紧绷的力量，是因为黛西就住在里面——那里之于黛西，正如他营中的帐篷之于他一般稀松平常。对他来说，那屋子拥有一股醇美的神秘氛围，仿佛楼上的一间间卧房比其他房间都要美丽凉爽，仿佛走廊上正进行着许多愉快灿烂的活动，仿佛屋里上演着许多恋情，这些恋情并不是带着霉味、已撒上薰衣草花瓣收藏起来的古老情事，而是新鲜的，还呼吸着，带着年度闪亮新车的味道，带着鲜花永恒绽放的舞会的气息。许多男人都爱着黛西，就连这点也使他兴奋，在他眼里，这只是更抬升了她的身价。他感觉黛西家里四处都是这些爱慕者存在的痕迹，他们的情绪仍活跃着，制造出光影和回音，弥漫在空气中。

但他心里明白，他能进到黛西家完全是个巨大的意外，无论他身为杰伊·盖茨比，将来会有怎样的光明前程，当下他都只是一个身无分文、没有过去的年轻人。他身上的军服是一件看不见的斗篷，随时可能从他肩上滑落，因此他竭尽所能把握时间，能得到什么都出手，狼吞虎咽、不择手段，最后他终于在十月一个宁静的夜里占有了黛西。他碰她的身体，是因为他根本没权利碰她的手。

他大可唾弃自己，毕竟她给了他，是因为他给她错误的印象，我并不是说他假装自己有百万家产，不过他确实刻意给黛西一种安全感，他让黛西以为他和她来自差不多的社会阶级，使她相信他完全有能力照顾她。然而事实上，他根本没这样的本钱，他背后没有雄厚的家庭背景撑腰，眼前又随时可能被不顺人情的政府派到任何一个天涯海角。

可是他却没有唾弃自己，而事情的发展也出乎他的意料。他原本大概只想玩玩后一走了之，但后来却发现自己如同追寻圣杯一般，投入了真心真意。他明白黛西并非寻常女子，但他不知道一个“好人家的女孩”竟是这般与众不同，在那之后，她隐身遁回她富裕的屋宇之中，回到那富裕丰盈的生活里，什么也没留给盖茨比。唯一不同的是，他心里感觉自己像是已经和她结婚了。

两天后，他们再度见面，那时紧张得透不过气来的是盖茨比。不知怎的，他感到仿佛遭背叛一般。她家的门廊灯火通明，一盏盏金钱买来的奢华星星闪耀着，她把身子转向他，藤编长沙发吱嘎作响的声音也显得时髦。他吻她美妙动人的唇，那时她患了感冒，这却使得她的声音更沙哑，比平常更迷人。盖茨比无可抗拒地意识到，财富能囚住并保存青春和奥秘，还有，只要拥有许多华服便能永葆清新亮丽；他也深深意识到黛西的存在，她像银子般闪耀，高踞在无虞而得意的生活中，与底下艰苦搏斗的贫寒人家处于两个世界。

“我发现自己爱上了她，那时候心里的感觉啊，老哥，我简直没办法跟你形容，甚至有一段时间，我还希望她把我甩了，但她没有，因为她也爱上我了，她说她觉得我这个人见多识广，知道许多她不知道的事……总之呢，我就那样把雄心壮志抛到脑后，对她的爱每分每秒越来越深。突然间，我什么也不在意了，如果我跟她说我想做的大事就能让她更快乐，那又何必真的去做那些大事呢？”

在他被派出国前的最后那个下午，他把黛西搂在怀里坐了许久，两人都静默无语。那是个寒凉的秋日，房里烧着炉火，她的双颊微微发红，她不时会挪挪身子，他便稍微动一下胳膊，中间他一度在她乌黑闪亮的头发上吻了一下。那个午后使他俩的心都稍微沉静下来，仿佛要给他们一个深刻的回忆，以面对隔天即将开始的漫长别离。她恬静不语，用双唇拂过他覆着大衣的肩膀，他抚摸她的指尖，极轻极轻，仿佛她正睡着似的。他俩在过去一个月的相恋中，从未感觉如此亲密，也从未与其他人如此深刻地传情达意。

他在战争中表现奇佳。他在上前线之前已担任上尉，在阿尔贡战役之后便升为了少校，指挥一个师的机枪分队。大战停火后，他发狂似的想方设法要回国，但不知是情势复杂或出了什么误会，他竟被送到牛津大学去。这时他开始担心了，黛西写来的信透露出一种紧张绝望的意味，她不懂为什么他还没办法回去，她已经感到外面世界所施加的压力，她想见到他的人，感觉到他就在身边，她希望能确定自己终究做了正确的决定。

因为黛西青春正盛，她身处一个矫揉造作的世界，处处兰香飘送，身旁男女尽怀抱着舒服快活的优越心理，乐队奏着年度风行的旋律，以一首首簇新的曲子，诉说生活种种的忧伤和诱惑。萨克斯彻夜号着《比尔街蓝调》的绝望哀叹，成百的金银舞鞋踢起一阵阵光芒闪动的尘土。到了灰茫茫的午茶时刻，这般低沉甜蜜的狂热总在一些房里悸动不休，一张张新鲜的面孔在这儿那儿晃着，仿若地板上那一瓣瓣玫瑰花瓣，被哀怨的喇叭乐音吹得四处飘。

在这个暮色般缥缈的世界里，黛西再度随着四季而动，突然间，她又开始每天和五六位男士约会，总一直到破晓时分才昏沉睡去，晚礼服上的珠饰和雪纺则混杂着凋萎的兰花，在床边脚下散乱一地。在这段时间，她心里始终有个声音呐喊着，要她做出决定，她希望自己的人生能成形，现在立刻成形，而这个决定需要有个近在眼前的力量来驱使——真爱也好，金钱也罢，任何一个不容置疑的实际需求都行。

到了仲春时节，随着汤姆·布坎南来到，这股力量翩然成形了。他的体态样貌和社会地位都健硕雄厚，令黛西感觉十分有面子。不消说，她是犹豫挣扎过，但决定后却也感到如释重负。她的信寄到盖茨比手中时，他仍在牛津。

这时长岛已是拂晓时分，我和盖茨比去把一楼的其他窗户全开了，屋里便流泻着逐渐灰白、澄金的光线。一道树影霍然成形，洒落在晨露上，树叶呈现出灰蓝的色调，鸟儿不知躲藏在哪里的树叶间放声歌唱，空气中有一股徐缓舒适的气流，称不上是刮风，但似乎应许着这天会有个凉爽宜人的好天气。

“我认为黛西从没爱过他。”盖茨比突然从一道窗前转过身来，挑衅地看着我，“老哥，你一定也记得，黛西下午原本多兴奋，是他把事情说成那样，黛西才吓坏了，他把我说得像是什么瘪三骗徒似的，结果黛西就被弄得胡言乱语起来。”他郁郁不乐地坐下。

“当然，他们刚结婚的时候，她可能也稍微爱过他，但就算在那时候，她一定也比较爱我，不是吗？”他倏地下了一句奇妙的评语。

“总之，她对他只是一般的小情小爱。”他说。

听到这话，你大概只能感觉到他认为自己和黛西的爱无法用一般的观点衡量，他把这事看得极重极重，除此之外还能怎么想？

后来他从法国回来时，汤姆和黛西仍在蜜月旅行。他用最后一点军饷，到路易斯维尔走了一遭，那是趟悲惨的旅程，但他无法忍住不去。他在那儿待了一个星期。他俩曾在十一月的夜里并肩在街上漫步，或开着她的白色汽车到一些僻静的地方，这时他一一旧地重游。正如黛西的家在他眼里永远比其他房子更神秘、更快活，路易斯维尔对他来说亦是如此，尽管黛西已离开此地，这座城市仍弥漫着一种忧伤的美感。

他动身离开时，心里的感觉是如果自己再努力一点，似乎便能找到黛西——他感觉自己仿佛抛弃了她。这时他已身无分文，搭的是一般车厢，里头很热。他走到车厢外头的共享走道，坐在一张折椅上，看着路易斯维尔车站从眼前溜走，一栋栋陌生建筑的背影掠过，接着便驶进开阔的春日原野。一列黄色的有轨电车和这列火车并肩齐驶了一会儿，电车上的那些人，或许也曾在街头偶然见过黛西那白皙梦幻的脸庞。

铁轨拐了个弯，开始偏离太阳的方向，落日余晖洒落在那座逐渐消失的城市上空，似乎在祝福黛西曾呼吸、生活的这个地方。他绝望地伸出一只手，仿佛想攫取一丝空气，把这因她而美的地方保存一小片下来，但此刻在他迷蒙的眼下，一切都退去得太快，他明白那最新鲜美好的一部分已失去，一去不回头了。

我们吃过早餐后，走到外面的门廊上，这时已是早上九点。经过昨夜，天气骤然改变，现在空气中已带着秋日的气息。盖茨比的园丁，也就是他那批旧用人中仅剩的一个，走到台阶前说：

“盖茨比先生，我今天要把游泳池的水放掉了，不然很快就会开始掉树叶，到时候水管会塞住。”

“今天先别放。”盖茨比答完，转过头来带着歉意对我说：“你知道吗，老哥，我这整个夏天都还没用过那个游泳池呢。”

我看了一下表，站起身来。

“我的火车再过十二分钟就要开了。”

其实我并不想进城，我连一丁点工作都不想做，但原因不只如此——主要是我不想离开盖茨比。我错过了那班火车，又错过了下一班，好不容易才勉强逼自己离开。

最后我对盖茨比说：“我再打电话给你。”

“好，老哥，你再打给我。”

“我中午左右打给你。”

我俩缓缓走下台阶。

“黛西应该也会打电话来。”他焦虑地望着我，仿佛希望我能向他证实这点。

“应该吧。”

“好吧，那就再见了。”

我俩握了手，我便跨步走开，快走到树篱附近时，我倏地想起一件事，便转过身去。

“他们是一群烂人，”我朝着草坪另一头大喊，“你比天杀的那一群人加起来都要好。”

我一直很庆幸自己当初说了那句话，那是我对他说过的唯一恭维话，因为我自始至终都不认同他这个人。他先是客气地点了点头，接着便露出一个心领神会的灿烂笑容，仿佛因我俩始终谋划着这件事而乐不可支。他身上那套漂亮的粉红西装这时已肮脏不堪，但衬着背后纯白的台阶，形成一块亮丽的颜色。我想起三个月前初次来到他这栋大屋的那夜，当时草坪和车道上挤满多少张面孔，众宾客都臆测着他在从事什么龌龊的勾当，而他就站在那道台阶上，与众人挥手道别，心里藏着那个纯洁的梦。

我向他道谢，谢谢他的殷勤款待，我们总是在谢谢他的殷勤款待——我和其他所有人都是。

“再见。”我喊着，“这顿早餐很棒，盖茨比。”

进城上班后，我撑了一会儿，勉强列了一堆没完没了的股票价格，后来就忍不住在旋转椅上睡着了。快中午时，我被一通电话吓醒，额头上汗涔涔的。是乔丹·贝克打来的，她常在这时间打电话给我，因为她每天说不准会在饭店、俱乐部还是谁的家里，因此别人很少主动找她。通常她的声音从电话线另一头传来时，总会让我感觉清新舒爽，宛若一块从翠绿高尔夫球场上削下来的草皮飞进办公室窗户，但这天早上，她的声音在我耳中却显得苛刻冰冷。

“我离开黛西家了。”她说，“我现在在亨普斯特德，中午过后会去南安普敦。”

离开黛西家或许是很圆滑的做法，但让我感觉十分不舒服，而且她下一句话更让我当场僵住。

“你昨天晚上对我不怎么好哟。”

“那时候谁还管得到这个？”

静默了片晌，接着她说：

“但是——我还是想见你。”

“我也是。”

“还是我下午不去南安普敦，进城去找你好了？”

“不好，今天下午不方便。”

“随便你。”

“今天下午没办法，有很多——”

我们就像这样谈了一会儿，接着突然间两人都不再说话了，我忘了是谁喀哒一声用力挂上了电话，但我还记得当时我根本不在意，就算今生不再有机会和她说话也无所谓，那天我也实在没办法和她喝茶谈天。

几分钟后，我拨电话到盖茨比家里，但他的电话正忙线中，我一共打了四次，最后有位接线员气急败坏地接起电话，跟我说有人要从底特律打长途电话，因此这线电话得暂时保留。我拿出火车时刻表，用笔在三点五十分的班次上画了个小圈，接着我往后靠着椅背，试图努力思考，这时才中午而已。

早上火车经过灰烬丘时，我刻意移到车厢另一侧的位子，因为我想那附近铁定从早到晚都有好事的人聚集着，小男孩会在尘土间寻找暗色的血迹，还会有某个饶舌的人再三叙述事发经过，越说越扯，讲到自己也觉得离谱得讲不下去为止，默特尔·威尔逊的悲惨事迹便就此被遗忘。现在我想回头说一下前一晚我们离开后，车行那儿的情形。

众人费了好一番工夫才找到默特尔的妹妹凯瑟琳，她那晚肯定是难得破戒喝了酒，因为她到车行时，整个人醉得离谱，怎样也听不懂救护车已经开到法拉盛去了。后来大家好不容易和她说清楚了，她立刻就昏厥过去，仿佛这是整件意外中最令她受不了的事，有个人不知是好心还是好奇，自愿开车载她去，跟在她姐姐的遗体后面。

午夜过后许久，车行前面仍有新的围观群众凑上来，乔治·威尔逊则坐在里面的沙发上，身体来回晃个不停。后来他办公室的门开了一会儿，在车行里的人都忍不住朝里头瞄一眼，后来终于有人说这样真要不得，便把门关上。米凯利斯和其他几个男人在里头陪威尔逊，起初有四五个人，过了一阵子剩两三个，最终米凯利斯请最后一个想走的人多待十五分钟，好让他回自己店里煮一壶咖啡。在那之后，米凯利斯便独自一人在那儿陪威尔逊，直待到天亮才离开。

大约凌晨三点时，威尔逊原本语无伦次的咕哝变了，他话变少了，而且开始讲到那辆黄色的车。他说他有办法找出那辆黄色汽车是谁的，接着又脱口而出，说两三个月前，有天他太太从城里回来，脸上青一块紫一块，鼻子也肿了。

但这话一说出口，他自己便瑟缩了一下，接着又呻吟着哭号道："啊，老天啊！"米凯利斯开始笨拙地设法转移话题。

"你结婚多久啦，乔治？来，你坐好，静一下，回答我，你结婚多久了？"

"十二年。"

"有小孩吗？来，乔治，你坐着别动，我问你一个问题，你们有小孩吗？"

那些硬壳的棕色甲虫不停地撞着黯淡的灯泡。一整晚，米凯利斯只要听见外头马路上有汽车疾驶而过，都觉得是几个小时前那辆没停下来的车。他不想走到车行里，因为刚刚摆尸体的工作台上仍血迹斑驳，因此便老大不自在地在办公室里四处走，天还没亮，他便已经把办公室里每一样东西都看熟了，他也不时坐到威尔逊身边，试着安抚他的情绪。

"乔治，你平常会去哪个教会吗？可能很久以前去过？我可以打电话给教会，请牧师过来跟你聊一聊，好吗？"

"我没有教会。"

"你应该要有教会啊，乔治，像这种时候就很需要，你至少一定去过吧？你结婚的时候不是在教堂吗？乔治，听着，你听我说话，你结婚不就是在教堂吗？"

“那是很久以前的事了。”

他这一回答，连身体摇晃的节奏都给打断了，威尔逊安静了一会儿，接着他黯淡的双眸中再度出现先前那种半知半解、有些困惑的神情。

他指着办公桌说：“你去看那个抽屉里头的东西。”

“哪个抽屉？”

“那个抽屉——那一个。”

米凯利斯打开他手边最近的一道抽屉，里头空荡荡的，只有一小条看起来十分昂贵的狗皮带，真皮的，亮银色，明显是全新的。

“这个吗？”他拿起皮带问。

威尔逊直盯着那条皮带，点了点头。

“我昨天下午找到的，她还想跟我解释，但是我知道这里头一定有问题。”

“你说这是你老婆买的吗？”

“她把皮带用棉纸包起来，摆在她桌上。”

米凯利斯觉得这事一点也不怪，他跟威尔逊说了十来个他太太会买那条狗皮带的理由，但不难想象，其中的一些理由一定是默特尔跟威尔逊说过的，因为他又开始呢喃着：

“啊，老天啊！”这位设法安慰他的仁兄只得把其余理由吞回去。

“结果他就把她杀了。”威尔逊突然张大了嘴说。

“你说谁？”

“我有办法查出来。”

他这位好友说：“你病啦，乔治，你受到的打击太大，现在都不知道自己在说什么了，你最好静静坐着，等早上再说吧。”

“她被那男的谋杀了。”

“乔治，那是意外。”

威尔逊摇摇头，眯起眼，嘴巴微微咧开，有气无力地发出一声幽幽的“嗯”。

“我确定。”他斩钉截铁地说，“我这人很相信人，也从来不想害人，可是只要我知道的事一定错不了，就是车里那个男的，默特尔跑出去想跟他讲话，但是他不想停车。”

米凯利斯也亲眼见到了那一幕，但他一直没想过那背后有这样的重要意涵，他认为威尔逊太太当时只是想从丈夫身边跑开，并没有想拦下哪辆车。

“她怎么会这样？”

“她一直让人想不透啊。”威尔逊这样说，仿佛已经回答了他的问题似的，“啊——”

他又开始摇晃起来，米凯利斯则站着，手里扭着那根狗皮带。

“乔治，你有没有什么朋友，我可以打电话请他们来？”

米凯利斯不抱指望，他几乎能确定，威尔逊连一个朋友都没有，他成天应付他太太都来不及。过了片晌，米凯利斯注意到房里有些不同，心里高兴起来，窗边有一抹蓝色越来越清晰，他发现天已经快亮了。这时大约是五点钟，外头的天色已经透蓝，能关灯了。

威尔逊呆滞的双眼望向灰烬丘，灰烬丘上方飘着几朵灰云，小小的，各自有着奇怪的形状，被破晓时分的微风吹得四处飘。

沉默许久后，威尔逊咕哝说：“我跟她讲过，我跟她说，她或许骗得过我，但她骗不了上帝，我把她拉到窗户前——”他使劲站起身，走到后面的窗子前，把脸贴在窗上，“我说：‘你做的事上帝都知道，你做了什么事他全知道，你就算骗得过我，也骗不过上帝！’”

米凯利斯站在威尔逊背后，看见他正盯着艾柯堡医生那双从消融夜色中浮现的苍白大眼，心头一惊。

“上帝什么都看得见。”威尔逊重复道。

“那是广告啊。”米凯利斯安抚他，不知为何，他只想把目光从窗口转回屋里。威尔逊则在那儿站了许久，脸凑在窗玻璃旁，对着曙光点头。

到了早上六点，米凯利斯已筋疲力尽，这时他听到有辆车在外头停下，心里觉得感激极了。那人是前晚围观的群众之一，临走前答应会再过来。米凯利斯便弄了三人份的早点，只不过全是他和那个男人吃的。威尔逊这时已安静许多，米凯利斯回家去睡了，过了四个钟头，米凯利斯醒来，急忙赶回车行，却发现威尔逊已不见踪影。

后来众人追查威尔逊的行踪（他从头到尾都用走的），先是追到了罗斯福港，接着又追到盖滋山庄[1]。威尔逊在盖滋

1　盖滋山庄（Gad's Hill）为虚构地名，作者使用这个地名的缘由有几种可能。其一，“盖滋”的原文发音与“盖茨比”（Gatsby）相近；其二，此地名与英国文豪莎士比亚戏剧《亨利五世》剧中曾出现的地名“盖茨山”（Gadshill）极近似；最后，有一说法指出本书有许多元素皆呼应基督教故事，而“盖滋”的原文“Gad”发音近似于“上帝”（God）。

山庄买了一份三明治，但一口也没吃，此外还买了杯咖啡。他想必十分疲倦，走得极慢，因为他走到盖滋山庄时已是中午。截至此时，要知道他在哪个时间点到了哪里并不难，路上有几个小男孩都说，看见一个男人“看起来疯疯癫癫的”，还有几位汽车驾驶员说，威尔逊在路边古怪地盯着他们瞧，但接下来的三个钟头他却消失无踪。警方根据他对米凯利斯所说的“他有办法查出来”，分析他这段时间应该是到各家车行打听黄色汽车的下落，然而另一方面，却没有车行说见过这个人，因此或许威尔逊是用更简单明确的方法在调查。到了下午两点半，他已到西卵，并问人盖茨比家在哪儿，可见此时他已经打听出盖茨比的名字。

下午两点时，盖茨比换上泳衣，并交代管家如果有人打电话来，就到泳池边告诉他。他到车库拿出宾客整个夏天都用得十分尽兴的一个充气垫，司机帮他把气充满了，接着他吩咐司机，说那辆敞篷车无论如何都不能开出去，这吩咐非常诡异，因为那辆车右前方的挡泥板明显需要修理。

盖茨比扛着气垫朝泳池走去，途中还停下脚步，把气垫稍微换了个位置，司机问他需不需要帮忙，但他只摇摇头，随即走进秋日渐黄的林木间，消失无踪。

电话始终没打来，但管家仍没睡午觉，一直等到下午四点钟，这时即便有人打来，也早已没人能接听了。我感觉盖茨比自己也相信黛西不会打来，或许他也不在意了。如果真是这样，他当时想必感觉自己失去了从前那个温暖的世界，感觉自己长久以来为了单单一个梦而活，这是多么高昂的代价。他想必曾抬头透过骇人的林叶缝隙，仰望那方陌生的天空，颤抖着发现玫瑰其实如此丑陋，阳光映照在新冒出的嫩草上，竟是如此寒凉，这是一个新世界，存在却不真实，可怜的鬼魂把梦想当成空气呼吸着，随机四处飘荡……一如那个面色如土的怪诞身影，正从飘忽不定的林木间朝他飞掠过来。

当时盖茨比的司机（渥夫斯罕的爱将之一）听到了枪声，事后他只说自己听见时没想太多。我从车站驱车直抵盖茨比家，慌忙奔上屋前台阶，众人竟到这时才警觉起来，但我至今深信，这帮人其实早就知道发生了什么事，我、司机、管家、园丁四个人几乎没说什么话便直奔楼下的游泳池畔。

泳池里一头有干净的水注入，另一头排水，池水便以几乎难以察觉的幅度微微流动。充气垫被沉沉压着，往泳池另一端胡乱漂去，在水面上漾出一道道称不上水波的小涟漪。垫子载着意外的重物，循着意外的方向漂流，尽管风很小，在水面上甚至撩不起波纹，却已足够扰动漂流的方向。气垫漂着漂着，碰到一团落叶，便徐徐转了方向，宛若圆规的脚，在水中画出一道细细的红圈。

我们抬起盖茨比要走回屋里时，园丁才看见威尔逊的尸体在不远处的草地上，这场大屠杀方告终结。

第九章

事隔两年，如今回想起在那之后的白天和晚上，以及隔天一整天，我只记得许多警察、摄影师和记者像军队一样在无止境地操练，不停地从盖茨比家的前门进进出出。大门口拉起了一条绳索，有位警察在那儿挡住好奇的民众，但一些小男孩很快就发现可以从我家院子溜进去，于是始终有几个小孩子瞠目结舌地聚在泳池边。当天下午，有个人带着一副十分自信的架势，他或许是警探吧，俯身打量威尔逊的尸首，然后说了句“疯子”，这人用权威口吻无心说了句话，就这样替隔天早上的报道定了调。

报纸上绝大多数的报道就像一场噩梦，全是荒诞臆测之事，嗜血又与事实不符。调查死因时，米凯利斯供出威尔逊怀疑太太不忠的事，我原以为这下整件事会立刻被渲染成香艳刺激的八卦消息，没想到看似多嘴的凯瑟琳却一个字也没说漏嘴，而且在这件事情上展现了惊人的品德。她在那两道调整过的眉毛下，以坚定的眼神看着验尸官，发誓说她姐姐从没见过盖茨比，并说默特尔与丈夫十分幸福美满，绝没做过不检点的事。她说得连自己都相信了，把脸埋在手帕里大哭起来，仿佛这种怀疑她连听到都受不了。就这样，威尔逊被贬为一个“过度悲痛导致精神异常”的人，以便维持案情单纯，这个案子就此不了了之。

然而在我看来，这些枝节根本无关紧要，我发觉自己站在盖茨比这一边，而且是孤军一人。自我打电话到西卵镇通报这桩惨事开始，各方对盖茨比提出的揣测和有待答复的实际问题，全都问到我这儿来了。起初我惊诧困惑，接着眼见盖茨比就那样躺在他家，一动也不动，没呼吸、没说话，一小时一小时过去，我才渐渐接受我得担起责任的这个事实，因为这事没其他人感兴趣。我的意思是，每个人走到最后，或多或少都能得到他人由衷的挂念，但众人对盖茨比却全无这种感觉。

我们发现盖茨比尸体的半个钟头后，我便毫不犹豫地打电话给黛西，但她和汤姆那天下午很早就出门去了，还带了行李。

“没说要住哪儿吗？”

“没有。”

“那有没有说他们什么时候会回来？”

“没有。”

“那你知道他们可能去哪儿吗？我要怎么找到他们？”

“不知道，我说不准。”

我想帮盖茨比找些人来，我想走进他躺着的房间里向他保证：“盖茨比，我会替你找到人来，别担心，交给我吧，我一定会帮你找到人来——”

电话簿里找不到迈耶·渥夫斯罕的名字，后来那管家把渥夫斯罕在百老汇的办公室地址给我，我便打去查号台问，但我问到电话号码时已是五点多，电话没人接听。

“再打一次好吗？”

“我已经打三次了。”

“这事很重要。”

“不好意思，但是那里恐怕没人在。”

我回到客厅，一时还以为有客人临时登门造访了，接着才意识到客厅里挤满的全是公务人员。但他们把布掀开，用无动于衷的眼神看着盖茨比，那时他又在我脑里继续抗议道：

“哎，老哥，你要替我找人来呀，你要尽力帮我呀，这段路我没办法自己一个人走。”

这会儿开始有人问我问题，但我随即脱身走上楼去，焦急地翻找盖茨比没上锁的书桌抽屉。他从没明确说过他父母是否已经过世，然而房里什么也没有，只有墙上挂着的丹·科迪的照片，那个已被遗忘的暴力象征，朝下盯着我瞧。

隔天早上，我请盖茨比的管家送封信到纽约给渥夫斯罕，信里问了他一些事，并恳请他立刻搭火车赶来。我写信时，还觉得这个请求根本就是多余的，我很确定他看到报纸时必定会大吃一惊，正如我也确信黛西会在中午前发电报来——没想到，电报没来，渥夫斯罕先生也没来，完全没人登门悼问，只有越来越多的警察、摄影师和报社记者上门。后来管家回来，捎来渥夫斯罕的回信，这时我心里便开始有了愤慨的感觉，我感到自己和盖茨比已团结起来，蔑视着这全部的人。

亲爱的卡拉韦先生：

这事是我此生最震惊的事情，我简直难以置信。那人做出这种疯狂行径，我们都该好好思考。我现在有要事缠身，不宜牵扯进来，所以恐怕无法过去。之后若有能帮忙的地方，请再让埃德加送信过来。我知道这件事时悲痛不已，简直忘了自己身在何处，几乎完全崩溃。

迈耶·渥夫斯罕谨上

接着下方又潦草地添了一句：

丧礼等事请再通知；他家人我完全不认识。

当天下午有人打了通电话来，长途电话的接线员说是从芝加哥打来的，我心想黛西总算打来了，没想到电话接通了却是个男的，声音听起来微弱而遥远。

“我是斯莱格尔……”

“你好？”这名字我没听过。

“天杀的坏消息，对吧？你接到我的电报没有？”

“我没收到什么电报。”

“小帕克遭殃了。”他飞快地说，“他到柜台交债券的时候当场被逮了，五分钟前纽约那边有人通报，把号码告诉他们。喂，这事你觉得呢？谁想得到那种乡下地方也会——”

“喂？”我气急败坏地打断他的话，“哎，我不是盖茨比，盖茨比先生死了。”

那人在电话另一头沉默许久，接着发出一声惊呼……然后嘎的一声，电话便挂断了。

我印象中是第三天吧，有封电报从明尼苏达州的小镇拍来，署名亨利·盖茨，电报里那人只说他会马上出发，请我务必把丧礼延期。

这就是盖茨比的父亲，他是位严肃的老人，看起来茫然无助，愕然失措，尽管这时是温暖的九月天，他身上却裹着一件廉价的粗布长版大衣。他的眼睛源源不断地流泻出一股激动的情绪，我伸手接过他的提包和雨伞后，他不断抓着自己稀疏的灰胡子，使我费了一番功夫才帮他脱下外套。他看起来濒临崩溃，我便把他领进演奏间，请他坐下，然后请人送些吃的来。但他不想吃东西，而且手颤抖不休，玻璃杯里的牛奶都洒了出来。

他说："我在芝加哥的报纸上看到的，芝加哥报纸写得很详细，我马上就赶来了。"

"我先前不晓得要怎么联络您。"

他的眼睛忙不迭地往演奏间四处张望，却没真的仔细在看。

"那人是个疯子。"他说，"他一定是疯了。"

"您要不要喝点咖啡？"我殷殷地问。

"我什么都不需要，我没事……您姓什么来着？"

"卡拉韦。"

"呃，反正我现在没事了。他们把小杰放在哪里？"

我带他到客厅，他儿子就躺在里头。我离开，让他自己待着。几个小男孩已爬上台阶，正往玄关里探头探脑，我告诉他们来的人是谁，他们才心不甘情不愿地走了。

过了一会儿，盖茨先生开门走了出来，嘴巴微张，脸上有些发红，眼里断断续续流下几滴泪，到他这个年纪，死亡已不再是使人骇然惊诧的事。这会儿他才真正打量起四周，瞧见了走廊挑高而华丽的设计，以及走廊两边一间间的大房间，大房间又通往更多房间，他的哀恸中于是开始掺杂一些敬畏和引以为荣的情绪。我扶他到楼上的一间卧房休息，他一边脱大衣和背心，我一边跟他说，我为了等他来，已经把所有安排都延后了。

“因为我不知道您希望怎么安排，盖茨比先生——”

“我姓盖茨。”

“盖茨先生，我在想您会不会想把遗体运回西部？”

他摇摇头。

“小杰一向比较喜欢东部，他也是到东部才有了今天的地位。你是我儿子的朋友吗——你说你姓什么来着？”

“我们是很要好的朋友。”

“你知道吗，他的前途应该是一片光明的，他只是个小伙子，但是他这个头脑呀非常地好。”

他摸摸自己的头，一副十分了不起的样子，我点点头。

“如果他没死，一定会变成了不起的人，跟詹姆斯·希尔一样，会对国家有很大的贡献。”

“没错。”我回答得不是很自在。

他笨手笨脚地弄着床上的绣花床罩，试图把床罩拉下来，然后动作僵硬地躺下，接着立刻就睡着了。

那天晚上，有个人打电话来，他的声音听起来明显十分惶恐，还先问了我是谁之后，才说出他自己的名字。

我说："我是卡拉韦。"

他听起来松了一口气："噢！我是克力卜史普林格。"

我也松了口气，因为这似乎代表盖茨比的丧礼又多了一位朋友来参加。我不想登报，以免招来一大群观光团，所以这几天我一直亲自打电话邀人，想找到这些人不大容易。

我说："丧礼是明天，三点钟，就在他家这儿，你如果知道有谁也想来，能不能请你也转达一下。"

他忙不迭地说："噢，好，我八成不会遇到谁，不过遇到的话我会说的。"

他说话的语气使我怀疑起来。

"你会来参加，没错吧？"

"呃，我当然会尽量，我打来是想——"

我打断他的话："等一下，你应该会来吧？"

"呃，老实说——说实话，我现在和一些朋友在格林威治这里，他们希望我明天待在这里，老实说，明天我们会有一个野餐聚会之类的活动。当然，我也会尽量看看能不能抽身。"

我毫不隐忍地喷出"哼！"的一声，他想必听见了，便十分紧张地说：

“我打来是想问我留在那里的一双鞋，不知道能不能麻烦您请管家帮我送来呢，是这样的，那是双网球鞋，我简直不能没有那双鞋，我现在住在一个人家里，他的名字叫毕艾弗——”

那人的全名我没听见，因为我旋即把电话挂了。

在那之后，我便替盖茨比感到有些羞辱，后来我致电的其中一位先生甚至暗示盖茨比是罪有应得，但总之是我的错，因为那人以前正是会在喝盖茨比的酒壮胆后，恶狠狠讥讽他的宾客之一，我早该想清楚别打给他。

丧礼那天早上，我亲自北上到纽约市找迈耶·渥夫斯罕，因为我用了各种方法似乎都没办法联络到他。经电梯小弟指点，我推开一道上面标着“卍记控股公司”的门，起初里头看起来好像一个人也没有，我大喊了几次“有人在吗”都没人响应，但接着隔板后突然传出一阵争执声，不久里头一道门中便出现一位美丽的犹太女人，她一双黑眼睛带着敌意打量我。

她开口说：“这里没人，渥夫斯罕先生去芝加哥了。”

至少前半句不是真话，因为里头明明有人正用口哨吹着不成调的《玫瑰经》。

“麻烦说是卡拉韦先生想找他。”

“他人到芝加哥去了，我怎么找？”

此时门后有个人喊了声“斯特拉”，那声音一听就知道是渥夫斯罕。

女人很快地说：“把你的名字留在桌上，等他回来我再交给他。”

“可是我知道他就在里面。”

她朝我走近一步，开始忿忿然地用双手上下抚着臀部。

她大斥：“你们这些小伙子以为随时想进来就能硬闯吗？我们真的受够了，我说他在芝加哥，他就是在芝加哥。”

我提了盖茨比的名字。

“噢——！”她又重新打量了我一次，“你可不可以先——你说你叫什么名字？”

她的身影随即消失。不一会儿，迈耶·渥夫斯罕便出现在门口，他神态严肃，朝我伸出双手，他把我拉进办公室，用充满敬意的语气说，这对我们所有人而言都是很悲伤的时刻，接着拿给我一支雪茄。

他说：“我想起第一次遇到他的时候，一个刚退伍的年轻少校，身上别满战争时得到的奖章，他那时候手头很紧，只能一直穿着军服，因为他没钱买便服。我第一次看到他，是他走进四十三街瓦恩布雷纳的台球间，说想找工作，那时候他已经饿了好几天，我就缩（说）：‘你跟我一起吃午餐吧。’结果他半小时就吃了超过四块美金的东西。”

“是你帮他开创事业的吗？”我问。

“帮他！他完全是我一手提拔的啊。”

“噢。”

“他本来什么都不是，在下层社会，是我把他提拔起来的。我那时一眼就看出他是个一表人才、风度翩翩的小伙子，他跟我说他是读牛津的，我就知道这个人我可以用。我叫他去参加美国退伍军人协会，他也做到很高的位子；他马上就帮我的一个客户北上到奥尔巴尼办了一件事。我们什么事都一块做。”他伸出两只肥短的手指，“每时每刻都在一起。”

我心想，不知他俩的合作关系是否包含一九一九年世界大赛那一票。

过了片晌，我开口说：“现在他死了，你是他最亲近的朋友，我相信你下午一定会来参加他的丧礼。”

“我很想去啊。”

“那就来吧。”

他的鼻毛微微颤抖，他摇摇头，眼眶里泪水满盈。

“我没办法去——我不能牵扯进去。”他说。

“不会牵扯什么的，一切都结束了。”

“只要一个人是被杀的，我就不想牵扯进去，我会保持距离。我年轻的时候不是这样，年轻的时候，如果哪个朋友死了，不管是怎么死的，我一定陪他们走完最后一程，你可能会觉得这样很滥情，但是我说真的，以前我会陪他们走到最后。”

我看得出来，他基于某种原因，是真的下定决心不去参加了，我于是站起身。

“你是大学毕业的吗？”他突然问。

一时间，我以为他又要帮我“枣（找）关系”了，但他只是点了点头，和我握手。

他说：“我们尽量在朋友还没死的时候就对他好吧，一旦人死了，我个人的规矩就是什么都别管。”

我离开渥夫斯罕的办公室时，天色已阴沉下来，我在一阵细雨中回到西卵。我换了衣服后到隔壁去，发现盖茨先生正在走廊上兴奋地走来走去，对于自己的儿子及儿子所拥有的财物，他心里的光荣感与时俱增，而且这会儿他拿出一样东西要我看。

“这张照片是小杰寄给我的。”他用颤抖的手指取出皮夹，“你看。”

那是这栋房子的照片，边角都破损了，还有许多人的手留下的污迹。他殷切地指着每个细节给我看，不时说“你看！”，接着便期盼看到我赞赏的眼神。他经常展示这张照片给别人看，我想这张照片对他来说，或许已经比实际的房子更真实了。

“这是小杰寄给我的，我觉得这张照片很漂亮，拍得很好。”

“很好啊，你们最近见过面吗？”

“他两年前去看过我，买了一栋房子给我，我现在住那里。是啦，他离开家里的时候我们是闹翻了，可是现在我了解他为什么要离开家了，他知道自己有很好的前途等在前面，而且自从他发达以后，就对我很大方。”

他似乎不太愿意放下那张照片，拖延着把照片继续晾在我眼前好一会儿，接着他把皮夹收好，又从口袋里抽出一本破旧的书，书名叫《霍帕朗·卡西迪》[1]。

“哎，你看，这是他十几岁时在看的书，你一看就知道了。”

他掀开封底，然后把书转过来让我看，只见最后一张扉页上用印刷体写着“每日计划”，以及一个日期“一九〇六年九月十二日”，而下面写的是：

上午 6:00	起床
上午 6:15—6:30	哑铃运动、爬墙练习
上午 7:15—8:15	研究电力等知识
上午 8:30—4:30	工作
下午 4:30—5:00	棒球等运动
下午 5:00—6:00	《培养沉稳》[2]和话术
下午 7:00—9:00	研究有用的新发明

---

1 《霍帕朗·卡西迪》(*Hopalong Cassidy*) 系列故事于一九〇四年首度问世，作者为克拉伦斯·马尔福德（Clarence E. Mulford），是广受欢迎的通俗牛仔故事。

2 《培养沉稳》(*Poise: How to Attain It*) 是一九一六年出版的书，作者为斯塔克（D. Starke）。

目标

不到沙夫特和（另一个店名，字迹难以辨认）

不再抽烟、嚼烟

两天洗一次澡

每周看一本有益的书或刊物

每周存五块（划掉）三块美金

对父母好一点

这位老先生说：“这本书是我不小心发现的，他的个性你一看就知道，对吧？”

“是，一看就知道。”

他又说：“小杰是注定要成功的，他总是有很多像这样的决心。你有没有发现，他很注重做有益思考的事？他从以前就一直这么优秀。有一次他跟我说，我吃东西的样子像猪一样，我还揍了他一顿。”

他迟迟不肯把那本书阖上，还把上头的计划逐条念了一遍，然后眼巴巴地望着我，我想他大概很希望我能全抄下来身体力行。

到了快三点时，法拉盛路德教会的牧师到了，我开始不由自主地频频往窗外张望，想看看有没有其他车子开来，盖茨比的父亲也一样。时间点滴流逝，仆役都进门等在玄关里了，盖茨比的父亲开始焦急地不停眨眼，他说起外头的雨势，一副担心、没把握的模样。牧师频频看表，我便把他带到一旁，请他再等我们半个钟头。但是没用，连一个人都没来。

到了大约五点，我们一行人开了三辆车到墓地，阴雨蒙蒙，我们在大门边停了车——第一辆是灵车，黑漆漆、湿淋淋的，看上去煞是可怕，第二辆是我、盖茨先生和牧师搭的大轿车，四五个仆役和西卵的邮差开着盖茨比的旅行车跟在后头。所有人身上都湿透了。我们进门准备朝墓地走去，这时我听到有辆车停了下来，接着又听见有人哗啦哗啦踩着地上的水追过来的脚步声，我转头张望，原来是三个月前那位在阅览室里对盖茨比的藏书惊叹不已的猫头鹰眼先生。

那晚之后我便再也没见过他，不晓得他是如何得知丧礼消息的，我甚至连他的尊姓大名都不知道。雨水从他厚厚的镜片上淌落，他们把保护用的帆布从盖茨比坟里掀开时，猫头鹰眼先生还把眼镜摘下来抹一抹，好看得清楚些。

这时我试着回想盖茨比这个人，试了好一会儿，但他已经显得太遥远了，而我满脑子只记得黛西连一张卡片、一朵花也没送，但我并没有怨怼，我隐约听见一个声音喃喃低语：“受雨水淋的亡者是有福的。”接着猫头鹰眼先生以无畏的声音说：“阿门！”

我们在雨中三三两两地走着，迅速往停车的地方移动。走到大门时，猫头鹰眼开口和我说话。

“刚才我来不及赶去他家。”他说。

“也没别的人到。”

“是吗？”他吓了一跳，“哎呀，老天啊！以前去他家里的动不动就有几百人。”

他又把眼镜摘下来抹了抹，镜片里外都抹。

“那臭小子真够可怜的。”他说。

我这辈子印象极鲜明的回忆，便是从前就读私立中学和大学时，在圣诞节前夕回西部老家的情景。在那十二月天的晚上六点钟，火车到了芝加哥，一些还得继续往西的同学，往往会在那老旧昏暗的联合车站停留一下，和芝加哥的几个同学仓促地聚一聚，而这些住在芝加哥的同学老早就沉浸在佳节的欢快气氛里了。我仍记得那些刚从某某小姐家走出来的女孩身上穿的毛皮大衣。大伙儿嘴里呼出白雾，你一言我一句地闲扯，一眼瞥见哪个旧识，便把手高举到头顶猛挥。大家会比对彼此受邀参加的聚会——“你会去奥德韦家吗？”“你会去赫西家吗？”“你会去舒尔策家吗？”所有人戴着手套的手里，都紧紧揣着一张细长的绿色车票，门边铁轨上那一节节芝加哥、密尔沃基、圣保罗铁路公司的浊黄列车，看上去都像圣诞节本身一样快活。

接着我们便驶入隆冬的夜色中，两旁延展出一片真正的雪景，那是我们西部的雪。雪色在车窗外莹莹闪烁，威斯康星州那些小车站的昏黄灯光掠过眼前，空气蓦然变得冷冽而原始，沁人心脾。我们用完晚餐，走过车厢之间寒冷的连廊时，便大口深呼吸，吸几口这样的空气。在那奇异的一个钟头里，我们会难以言喻地意识到自己对这块土地的归属感，随后便再度消融其中，成为无从分辨的一部分。

这便是我心中的中西部，不是小麦遍野的景象，不是北美大草原，也不是那些已不复见的瑞典移民城镇，而是年少时激动人心的返乡车程，还有寒霜暗夜中的街灯和雪橇铃，以及窗内灯火通明、把圣诞花环的影子投在外面雪地上的景象。我便是这中西部的一部分，带着一点此地漫漫长冬的肃穆性格，带着一点出身卡拉韦家族的沾沾自满。数十年来，此地家家户户所住的宅邸仍给冠上各家姓氏。现在我已然明白，这个故事其实讲的是美国西部——汤姆、盖茨比、黛西、乔丹，还有我，我们全是西部人，或许我们都拥有一些共同的缺陷，因此隐隐地无法完全融入东部的生活。

即便是在东部最令我心花怒放的日子里，即便是我最深刻地感觉东部胜于西部的时候，尽管我深知俄亥俄州以西的那些城镇是如何无趣、蔓生而臃肿，尽管我明白西部居民道人长短的习性，除了小孩子和垂垂老矣的长者，其余的人一概逃不过他人议论——即便在那时，东部也给我一种扭曲的感觉。至今，每当我做起怪梦，西卵仍总是梦里的要角。西卵在我的梦里是埃尔·格雷科画的一幅夜景：一百栋房子，看上去既传统又古怪，蹲伏在阴沉的苍穹和黯淡的月亮下；画的前景则是四个不苟言笑的男人，身穿礼服走在人行道上，他们扛着担架，上头躺了一个酩酊大醉的女人，她身上穿着雪白的晚礼服，一只手垂下来晃着，手上戴的珠宝饰品闪动着冷冽的光芒。男人们肃穆地拐进一座宅邸——其实他们走错了，但没人知道那女人姓什么、叫什么，也没人在乎。

盖茨比死后，我眼中的东部便是这般鬼影幢幢，任我看待人事的目光再怎么清明，也无法将之扭正。因此当枯脆的落叶在空气中焚成缕缕蓝烟、寒风开始将晒衣绳上的衣服吹得干硬时，我便决定启程返乡了。

临走前我还有件尴尬棘手的事情得办，这事或许不搭理反而更好，但我想走得利落，不想指望那热忱而冷漠的大海替我把弃而不顾的人事冲刷干净。我去见了乔丹·贝克，把我们这群人发生的事全说清楚，也讲了我之后经历的事。她躺在一张大椅子上听，从头到尾一动也不动。

那天她穿着要去打高尔夫球的衣服，我还记得当时感觉她看上去像是一幅精美的插画，下巴潇洒地微微抬起，头发是秋叶的色泽，脸蛋和搁在膝上的露指手套一样略呈棕褐。我说完后，她什么也没表示，只说她已经和另一个人订婚了。尽管她的确只要一个点头，就会有好几位男士乐意娶她，但我仍不大相信她说的是真话，不过我还是装出一副惊讶的样子。有那么一会儿，我怀疑自己是否铸成了大错，但我接着很快地把事情从头到尾想一遍，便起身向她道别了。

这时乔丹突然开口："不过，的确是你抛弃我的，你用一通电话就把我给抛弃了，我现在根本不在意你了，但当时那对我来说确实是从来没有过的经验，我着实头晕目眩了一阵子。”

我俩握了握手。

然后她又说：“噢，还有，你记得吗，有次我们谈到开车？”

“啊，有点忘了。”

“你说一个开车技术不好的人要是遇到另一个开车技术不好的人，那就危险了，记得吗？我说，我这就是遇到另一个开车技术不好的人了，是吧？我的意思是，我那样瞎猜也算是自己没注意，我以为你这人应该挺正直、挺直接的，我还以为你只是一时拉不下脸。”

“我已经三十岁了。”我说，“换作是五年前，我可能会骗自己继续下去才算是正直，但现在我不会那样了。”

她没回话。我便带着怒气，也带着一点残存的爱意以及满怀的遗憾，转身离去。

十月下旬的一个午后，我见到了汤姆·布坎南。当时我在第五大道上，他就走在我前面，姿态仍是一贯的机警蛮横，双手离身体有些距离，像是要摆平所有阻碍似的，一颗头则不停地转来转去，以配合他躁动不安的目光。我把速度放慢，就怕遇上他，但此时他正好停下脚步，皱眉凝视身旁珠宝店的橱窗，接着他便突然看见我，随即掉头走回来，朝我伸出一只手。

“怎么回事啊，尼克？你不肯和我握手吗？”

“对，我对你的评价你很清楚。”

他立刻回道：“你疯了，尼克，你他妈的疯啦，真不知道你怎么了。”

我问他：“汤姆，你那天下午跟威尔逊说了什么？”

他盯着我，不发一语，我便明白那天威尔逊失踪的三小时里发生了什么事，我猜对了。我掉头想走，但汤姆一个箭步追上来，抓住我的胳膊。

他说：“我跟他说的是实话。那个时候我们准备要走了，他找上门来，我叫人跟他说我们不在家，他还想硬闯上来。他已经疯了，如果我没告诉他那辆车是谁的，他准会杀了我，他进门之后，手就一直抓着口袋里的左轮手枪没放开过——”接着汤姆突然忿忿地厉声说道：“我告诉他又怎样？那家伙是自找的，你给他骗得晕头转向，跟黛西一样，不过他也确实够厉害。他把默特尔像狗一样碾过去，车子连停都没停下来。”

我无话可说，只想告诉他实话，也就是事实并非如此，但这话我却不能说。

“而且你别以为我就完全没受苦，唉，我去把那间公寓退租的时候，看到那盒该死的狗饼干还放在边柜上，我整个人坐下去，哭得像小孩子似的，老天，这实在太惨——”

我没办法原谅他，也没办法喜欢他这个人，但我明白了他认为自己的所作所为是完全合情合理的。一切都太漫不经心、太糊涂了，他们都是漫不经心的人，汤姆和黛西——他们把事情和人搅和得稀巴烂之后，便又缩进他们的钱堆里，或者是他们那冷漠、漫不经心的状态里，总之就是某种将他俩牵引在一起的力量，然后便把烂摊子丢给别人收拾。

我和汤姆握了手，不握的话似乎太愚蠢了，因为我突然感觉像在跟小孩子说话似的。接着他便走进那家珠宝店买珍珠项链，或者只是买一对袖扣吧，就此把我这乡下人的责难永远甩开了。

我离开时，盖茨比的房子仍是空着的，那时他草坪上的草已和我家的长得一般长了。西卵有位出租车司机每回开过盖茨比家的大门，就要停下来朝里头指点一番。或许事发那晚，黛西和盖茨比正是搭他的车回东卵吧，也或许他已经自己编出整套故事了。我不想听他说那个故事，因此每天下火车后总刻意不坐他的车。

我周六晚上总待在纽约市，因为盖茨比那些使人目眩神迷的宴会仍在我的脑海中活灵活现，我会听见他花园那儿不断传来隐约的乐音和笑语，以及汽车在他车道上开进开出的声音。有天夜里，我真的听见货真价实的汽车的声音，还看到车灯打在他家屋前的台阶上，但我没去探个究竟，或许是某位最后的宾客，先前跑到海角天边，还不晓得这盛宴已曲终人散了。

最后一晚，我的行李已收拾妥当，车子也转卖给食品杂货行了。我最后一次走过去，看着那栋巨大突兀、已然破败的屋宇。白色的台阶上，不知是哪个小孩子用砖块写了脏话，在月光下特别显眼，我用鞋底在石阶上来回抹，把字给擦掉。接着我便漫步到海边，伸开四肢躺在沙滩上。

到了这时节，沿海的度假饭店差不多都关了，附近几乎没什么灯光，唯独海峡对岸有艘渡船，散发着一点阴暗、移动着的光芒。月亮冉冉升起，底下无关紧要的房舍开始消融散去，我逐渐察觉到这里的一座古老岛屿，这岛曾在荷兰水手的眼中绽放——它是一个新世界的碧绿乳房。那些消失的林木，那些替盖茨比的华屋开疆辟地的林木，亦曾低语迎合人类最后也是最伟大的梦想。必定有那么一个转瞬即逝的魔幻片刻，人们曾望着眼前这片大陆，忍不住屏息，不由自主地陷入美的沉思，那是他们不解也不求的思绪，那是人类有史以来最后一次见到令他们满怀赞叹的事物。

我坐着，郁郁怀想那古老未知的世界，同时想起盖茨比第一次见到黛西家船坞上那盏绿灯时，他心中涌起的惊叹。他费尽千辛万苦才踏上这片蓝色的草坪，那时他必定感觉自己的梦终于近在咫尺，几乎是伸手可得了。他不晓得那个梦早已在他背后，在这座城市以外那片辽阔隐晦的土地上，在这个国家绵延于夜空下的黝黑田野之间。

盖茨比信仰那盏绿灯，那绿灯正像狂欢放纵的未来，在我们眼前一年年退去。它现在躲开了我们，但没关系——明天我们会跑得更快，把手臂伸得更长……总会有那么一个清朗的早晨——

我们便这样扬着船帆迂回前进，逆水行舟，而浪潮奔流不歇，又不停地将我们推向过去。

年表

菲茨杰拉德

F. Scott Fitzgerald

一八九六年　九月二十四日，弗朗西斯·斯科特·基·菲茨杰拉德（Francis Scott Key Fitzgerald）诞生于美国明尼苏达州圣保罗市的中产阶级家庭，他的名字来自菲茨杰拉德家族中最有名的祖先——写出美国国歌歌词的弗朗西斯·斯科特·基。后来朋友大多昵称他为斯科特。

一八九八年　菲茨杰拉德的父亲在宝洁日用品公司任职，于是全家跟随父亲在纽约雪城和水牛城之间居住。父母为他安排带有贵族气氛的教育环境，他在学校中展现出过人的聪明以及对文学的喜好。

一九〇六年　全家迁回圣保罗市。

一九〇八年　菲茨杰拉德进入圣保罗学院就读，在校期间撰写了他的第一部文学创作，是一篇侦探故事，在校内的刊物上发表。后因为荒废课业，遭到学校退学。

一九一一年　进入新泽西州的大学预备学院“纽曼学院”就读。

一九一三年　进入普林斯顿大学就读。此时的菲茨杰拉德身高五英尺七英寸（一百七十厘米），体重一百三十八磅（六十二公斤），不过他仍然想进入橄榄球队。后来加入以音乐剧巡演为主轴的“三角社”。

一九一四年　在校内的功课表现相当糟糕，丧失了跟随“三角社”前去巡回演出的资格。此时第一次世界大战爆发。

一九一五年　功课持续退步。此时他获选担任“三角社”的秘书长一职，并可望在大四那年接任社长。不过在这一年间，他又有三科的成绩不及格，补考后依旧未达标准，再度丧失随同“三角社”外出巡演的资格。同年底，他已确定即将遭受退学命运，于是决定离开学校。

一九一六年　重回普林斯顿大学，从大三读起。他在普林斯顿文坛里结识了几位后来成为文坛巨擘的名人，如埃德蒙·威尔逊以及诗人约翰·毕肖普等人。他也开始大量写作，完成了《人间天堂》的第一个版本，其中一个角色，就是以约翰·毕肖普为原型。他将小说投稿到斯克里布纳出版社（Scribner's），遭到退稿。

一九一七年　四月间，美国对德宣战，正式加入第一次世界大战。十月间，菲茨杰拉德再度离开普林斯顿大学，投效美国陆军，官至少尉。其间将《人间天堂》修改重写，但依然遭到退稿。

一九一八年　菲茨杰拉德驻守亚拉巴马州时，在一场舞会上结识了高中刚毕业的泽尔达·塞尔。菲茨杰拉德对她一见倾心，两人相恋，但感情发展并不顺遂。十一月间，第一次世界大战结束。

一九一九年　菲茨杰拉德退伍后在纽约找工作，与泽尔达不断争吵，两人宣告解除婚约。他回到老家圣保罗。

一九二〇年　三月二十六日，《人间天堂》终于获得出版，成为当年最畅销的小说，菲茨杰拉德成为纽约名人，同时也挽回泽尔达芳心，两人于四月结婚。

一九二一年　菲茨杰拉德与泽尔达唯一的女儿弗朗西丝·菲茨杰拉德诞生。菲茨杰拉德此时进入创作的高峰期，作品数量大增。

一九二二年　三月间，《美丽与毁灭》出版，这是他的第二本小说，描述一对名流夫妇迷失于物质世界，最后导致悲剧的故事。一般认为这是作者影射自己生活的写照。六月间，菲茨杰拉德开始构思《了不起的盖茨比》，并且感受到自己体内有一股力量，持续推动着他写作这个故事。接着，《爵士时代的故事》于九月间出版。菲茨杰拉德一家搬到纽约长岛。

一九二三年　菲茨杰拉德埋首撰写剧本《蔬菜》，但首演后口碑不佳。他开始大量撰写畅销的短篇小说，以维持家中开销。

一九二四年　菲茨杰拉德一家前往法国，住在蔚蓝海岸，并在此认识许多美国文人，如海明威。九月间，泽尔达和一位法国飞行员谈起恋爱。

一九二五年　四月十日，《了不起的盖茨比》出版，文坛及媒体一致叫好，海明威甚至打趣说他要赶快加强他和菲茨杰拉德的关系，不过销售成绩不佳。五月间，菲茨杰拉德夫妇前去巴黎，度过了“有一千个派对但是没有工作”的夏季。

一九二六年　《了不起的盖茨比》改编成舞台剧，在纽约上演，大获成功。这年年底他回到美国。

一九二七年　菲茨杰拉德开始在好莱坞找工作，撰写剧本，不过成绩平平。

一九二八年　泽尔达开始学习芭蕾舞。海明威是菲茨杰拉德的好朋友，但始终对泽尔达有意见，认为她使得菲茨杰拉德分心，无法专心创作。海明威也不赞成菲茨杰拉德大量卖出自己的短篇故事给杂志或好莱坞使用。

一九三〇年　泽尔达的舞蹈生涯非常不顺利，四月间她精神崩溃，在瑞士接受治疗。

一九三一年　泽尔达病情好转，一家人回到美国，泽尔达回娘家休养，菲茨杰拉德则继续在好莱坞工作，为凯瑟琳·布拉什的《红发女郎》写剧本。

一九三二年　泽尔达的父亲过世后，她的精神状况再度恶化，住进马里兰州的疗养院，菲茨杰拉德搬到附近的宁静居。

一九三三年　菲茨杰拉德完成《夜色温柔》。故事讲述一位医生，爱上有精神病的富家千金，将她的病治好之后，却遭到她抛弃。泽尔达的病情和菲茨杰拉德的酗酒问题成了这对夫妻间最大的障碍。

一九三四年　泽尔达再度精神崩溃，此后身体状况再也没有完全康复过。菲茨杰拉德的经济状况也陷入绝境，他的酗酒问题更加恶化。

一九三五年　短篇小说集《清晨起床号》出版，菲茨杰拉德尝试远离让他沉溺酒精的环境，但问题未得到解决。

一九三六年　文集《崩溃》出版，这是他描绘自己处境的作品，他私底下说："我对任何人、任何事都无所谓。"

一九三七年　菲茨杰拉德再度力图振作，状况一度好转，这时他的主要工作是在好莱坞担任编剧，这一年他遇见红粉知己希拉·格雷厄姆，他最后的作品《末代大亨》中的女主角，即以她为原型。

一九三八年　剧本《战后三友》经过好莱坞的制片强行大肆更动之后问世，菲茨杰拉德非常不悦，开始对好莱坞的环境失去信心。

一九三九年　结束好莱坞的电影生涯，除了为杂志写短篇小说，也开始动笔写《末代大亨》。

一九四〇年　开始重写《末代大亨》，此时他第一次心脏病发作，之后便赶着将小说完成，但仍然在十二月二十一日心脏病发作去世，这时他的小说只完成了六章。

一九四八年　泽尔达因疗养院失火意外去世，和菲茨杰拉德合葬在马里兰州的罗克维尔联合墓园。